ブックレット〈書物をひらく〉25

春日懐紙の書誌学

田中大士

平凡社

春日懐紙の書誌学［目次］

はじめに

春日懐紙は、鎌倉時代に奈良春日若宮社の神主中臣祐定（後に祐茂と改名）らが行った歌会の記録である。熊野懐紙などと並び、世に三大和歌懐紙といわれる。この懐紙が他と異なるのは、使用済みとなった懐紙の裏面が万葉集書写に利用され、結果として表裏両面が文学資料として伝存した点である。懐紙面は、鎌倉時代の南都奈良における自筆の和歌資料として、万葉集面は、鎌倉時代書写の万葉集書写本（春日本万葉集）として、ともにたいへん重要な資料と考えられる。しかし、この資料は、使用済みの懐紙の裏を他資料に利用したという事情のみならず、時代による価値観の変化に伴い、懐紙面、万葉集面ともに少なからぬ損傷を被っている。本書は、この春日懐紙の書誌的な変遷を追うことによって、今に残る春日懐紙の変転の様を明らかにすることを目的とする。

一 ▼ 懐紙から万葉集へ

損傷した和歌懐紙

春日懐紙が三大懐紙▲の熊野懐紙などと決定的に異なるのは、懐紙面に数多くの損傷が見られる点である。次に示すのは、春日懐紙の一枚、素俊（そしゅん）の「詠千鳥和歌」である（図1。国文学研究資料館蔵。以下、所蔵先を示さないものは同館所蔵）。「千鳥」と「寄枕恋」という二つの題に対して自らの歌を書き記している。最もわかりやすいのは、歌の下の部分と第二首の第三行が切れている点である。熊野懐紙など一般の和歌懐紙にはこのような欠落は普通見られない。また、左右両端に三箇所ずつ綴じ穴が見られる。さらには、紙の真ん中に線が入っているのが見られる。

和歌懐紙は、歌会に出席した人たちが与えられた歌題に従い、自分の歌を書き記して会に持参したものである。歌会が終われば、使用済みになるので、その紙の裏を他資料の書写に利用したと考えられる。春日懐紙の場合、万葉集の書写に用いられた。裏を用いるにあたり、紙の大きさを揃えて裁断し（A1、A2の部

三大和歌懐紙　一品経懐紙、熊野懐紙、春日懐紙という平安、鎌倉期の和歌懐紙群を言う。一品経懐紙は、平安末期、法華経の各品を詠んだ和歌懐紙。藤原頼輔、円位（西行）などの懐紙が知られる。熊野懐紙は、鎌倉期、熊野参詣の際、本宮その他の諸社で催された歌会の懐紙。後鳥羽院、藤原定家などの懐紙が知られる。

分切れている）、いわゆる袋綴じのため、真ん中で折り（Bは折れ線）、綴じ穴をうがって冊子本に仕立て上げたと考えられる。

しかし、春日懐紙には、それ以外にも他の和歌懐紙には見られない特徴が見られる。Dには、懐紙の文字とは異なった文字が見える。これは、鏡文字、つまり反転した文字である。また、Eにもやはり鏡文字が看取される。しかし、こちらは、Dとは字の大きさも墨のかすれ具合も明らかに異なっている。DもEも、春日懐紙が裏面利用された過程で生じたものなのだが、これは、次の章で取り上げることとして、まずは、これらの和歌懐紙がいつどのように生まれたかについて解説しておこう。

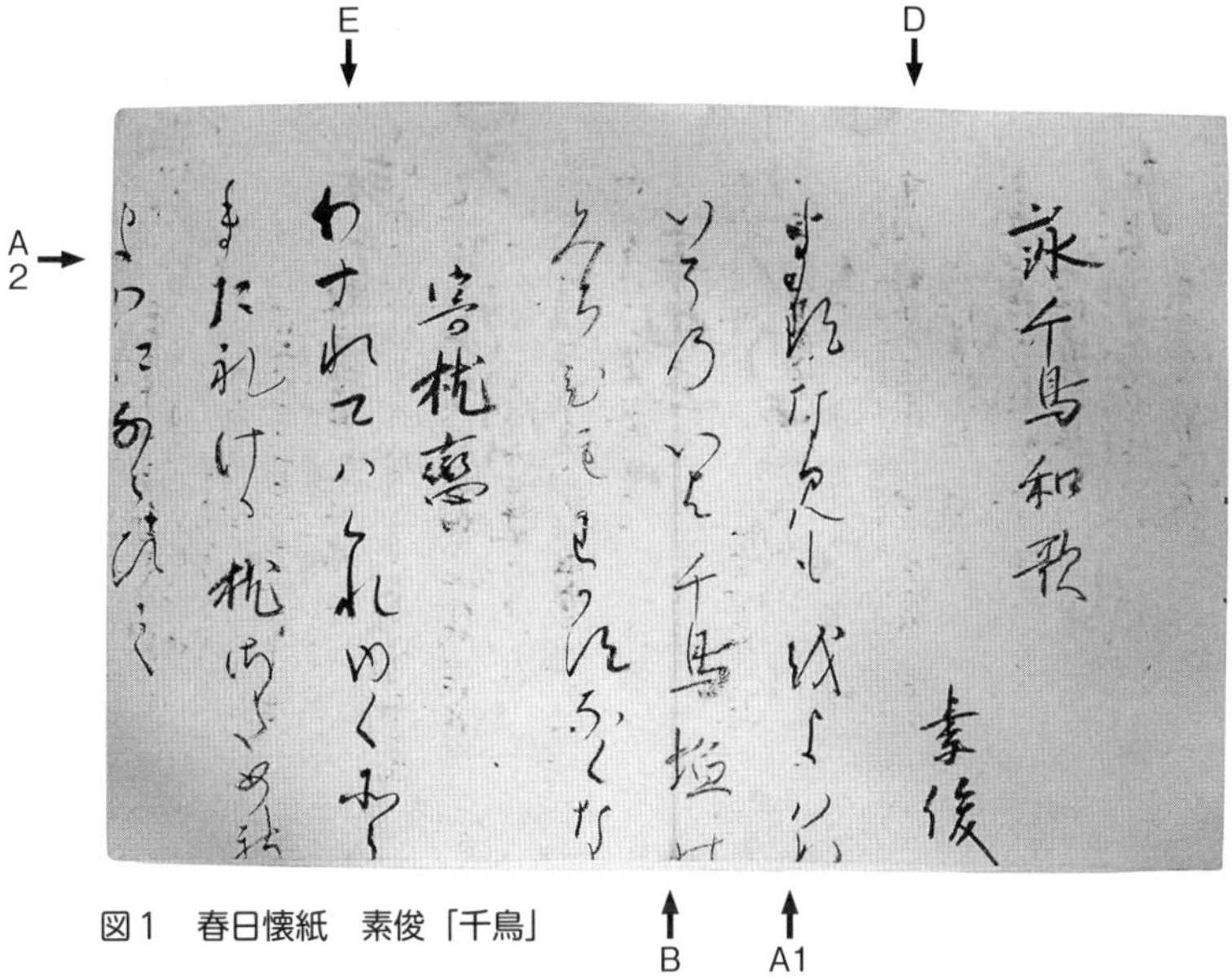

図1　春日懐紙　素俊「千鳥」

和歌懐紙の裏の使用

春日本万葉集は、南都奈良の春日若宮社の神主中臣祐定によって書写された鎌倉時代書写の万葉集伝本である。この伝本が、他の万葉集写本と異なるのは、当時の歌会で用いられた和歌懐紙の裏を料紙として書写されている点にある。そこには、奈良の春日社関係の神官、周辺の寺の僧侶たちの和歌懐紙が大量に

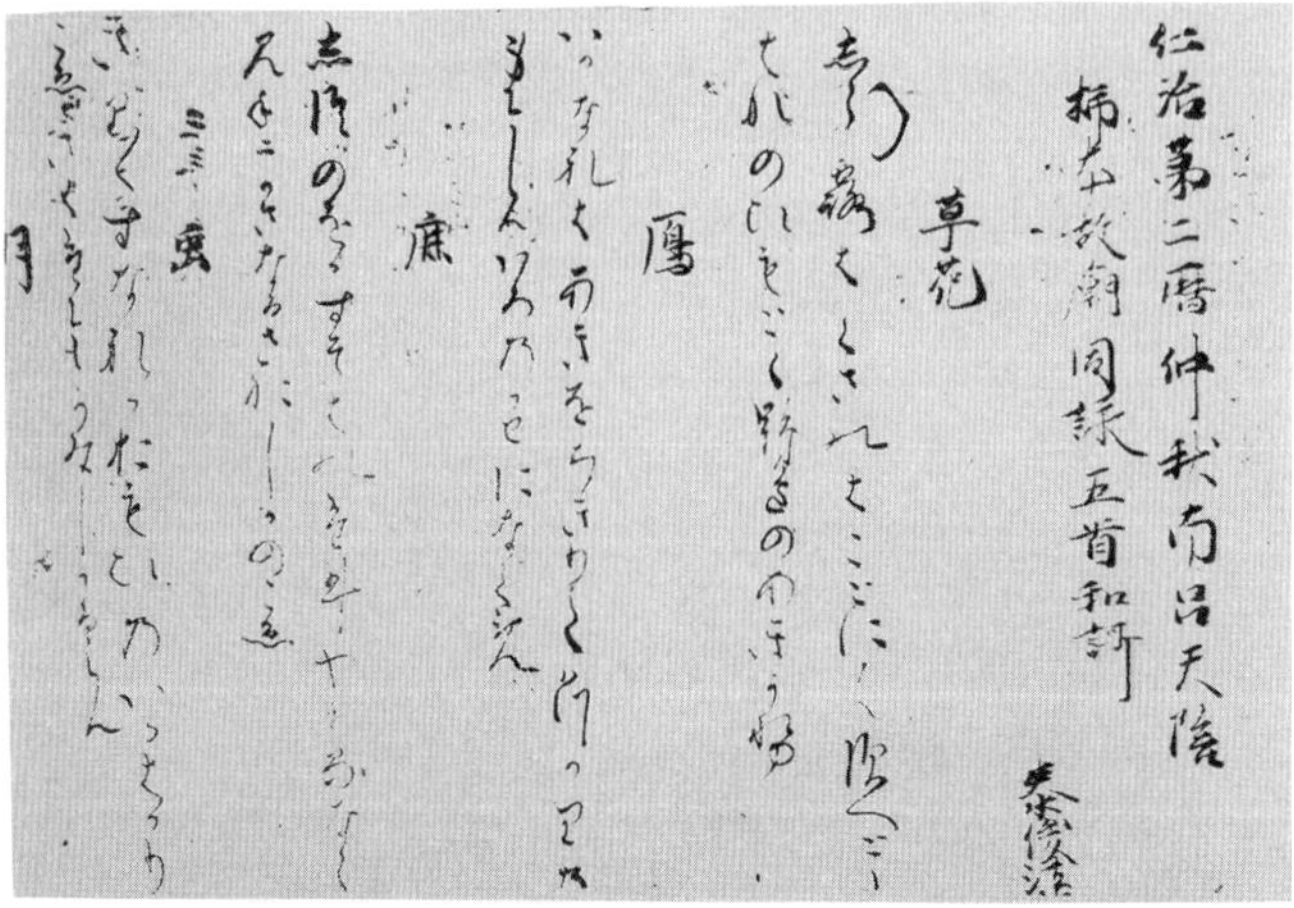

図2　年次を記す春日懐紙

集積されている。一方、裏の万葉集は、鎌倉時代書写万葉集伝本というだけでなく、書写年代が明確な希少な例として知られている。表裏、いずれも奈良春日社関係の人々に関わる資料ということで、和歌懐紙は春日懐紙、万葉集は春日本と命名されている。命名は、この資料の紹介者佐佐木信綱氏による。▲

この資料は、春日本の奥書が残ることから、書写時期は明確である。巻六、巻二十の奥書に寛元元、二年（一二四三、四四）と記されていることから、春日本書写の時期は容易に知ることができる（図25。二六頁参照）。一方、裏の春日懐紙は、そのほとんどは年次が記されていないが、ただ一例年次を記す懐紙がある。図2がその事例である（墨跡研究会編『春日懐紙』▲）。仁治第二暦（二年）は西暦一二四一年にあたる。春日本書写の二年前の時期である。後述するように、春日懐紙の作者は知られる限り、かなり限定された交流圏の中にある。おそらくは、右の仁治二年前後の和歌懐紙であると推定される。

次に、使用済みとなった和歌懐紙がどのように万葉集として仕立て上げられていったのかについて見てゆこう。

命名は……　佐佐木信綱「春日懐紙裏万葉集残欠」（『万葉集の研究第二　万葉集古写本の研究』、岩波書店、昭和一九年）。

和歌懐紙から打ち紙

一口に使用済みの資料の裏に書写すると言っても、そう簡単にはいかない。一度使われた紙は、新しい紙と違い、しわもあるし、紙の表面に毛羽立ちもある。そのまま書写するのは困難である。まず、書写をするために、紙の表面をなめらかにしなくてはならない。この紙の表面をなめらかにする作業を「打ち紙」という。打ち紙とは、紙を一度水で濡らし、杵(きね)などでたたいて、紙の表面を平滑にすることである。使用済みの紙は当然、一度墨でものが書かれている。水で濡らせば、その墨がにじむことになる。そこで、墨付きの面を互いに合わせて、白い面を外に出して水で濡らす。そのような組を何枚も重ねてたたく。すると、墨付き面は汚れるけれども、裏面に汚れは及ばない。現在も打ち紙は行われており、現在は、金箔を作る機械でたたいているようであるが、当然当時は手で行われていたと考えられる。

打ち紙を行うと、墨付き面は汚れると述べた。つまり、春日懐紙の場合は、墨付き面は懐紙面であるから、打ち紙の際、他の和歌懐紙の墨跡が映り込むわけである。このように、打ち紙の際、組となった墨付きが映り込む現象を「墨映(ぼくえい)」▲と呼ぶ。先ほどの素俊懐紙のEの鏡文字は、この墨映だったのである。

図3は、縁弁「山家聞嵐」(懐紙の名称は、作者と第一歌題をもってする。以下同

墨跡研究会編『春日懐紙』 昭和三九年刊。解説は、永島福太郎氏。

墨映 打ち紙の際に生じる他文書の映り込みを「墨映」と名付けたのは、前田元重・福島金治「金沢文庫 古文書所収『宝寿抄』紙背文書について」(『金沢文庫研究』第二七〇号、昭和五八年)。

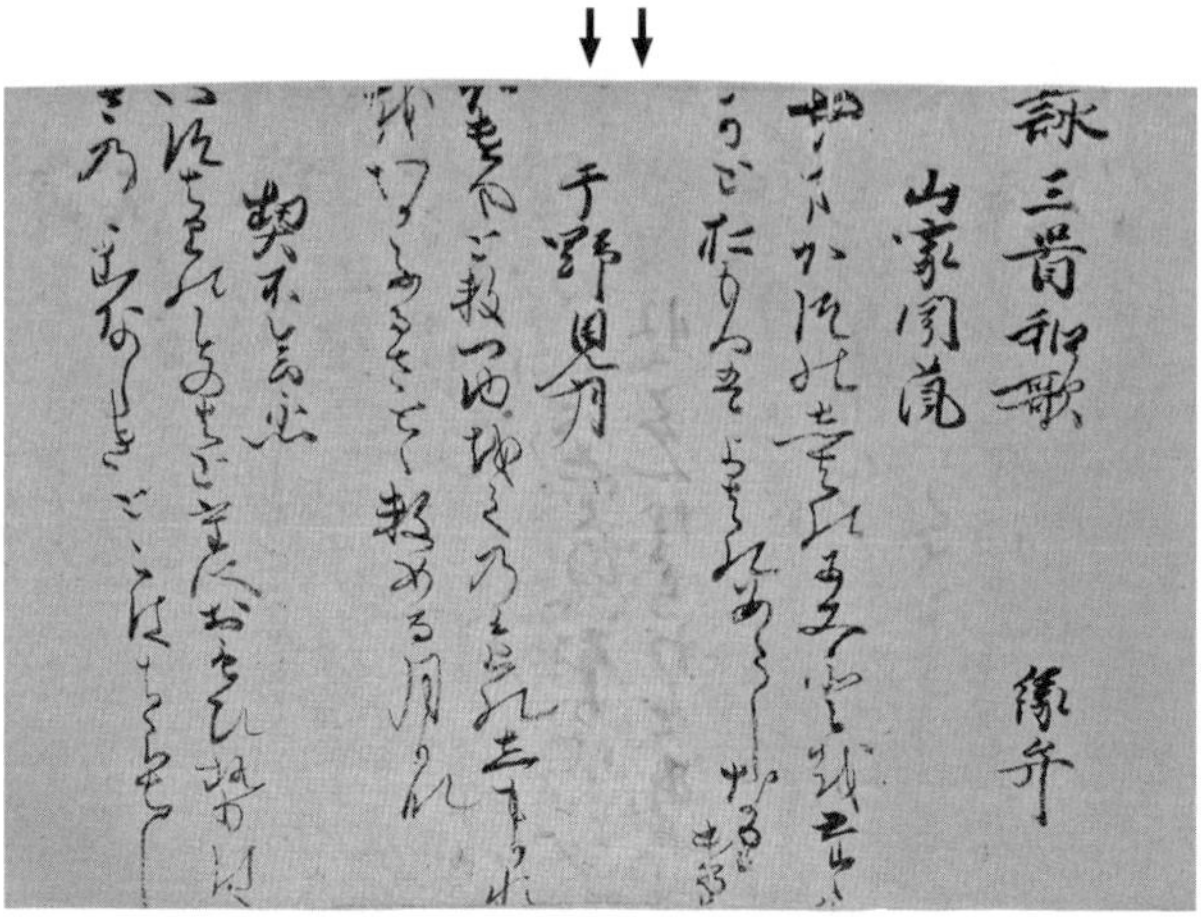

図3　春日懐紙　縁弁「山家聞嵐」

じ）である。この懐紙の矢印の部分にやはりうっすらとではあるが、鏡文字が見られる。それを拡大、反転すると、図4のようになる。

図4は、

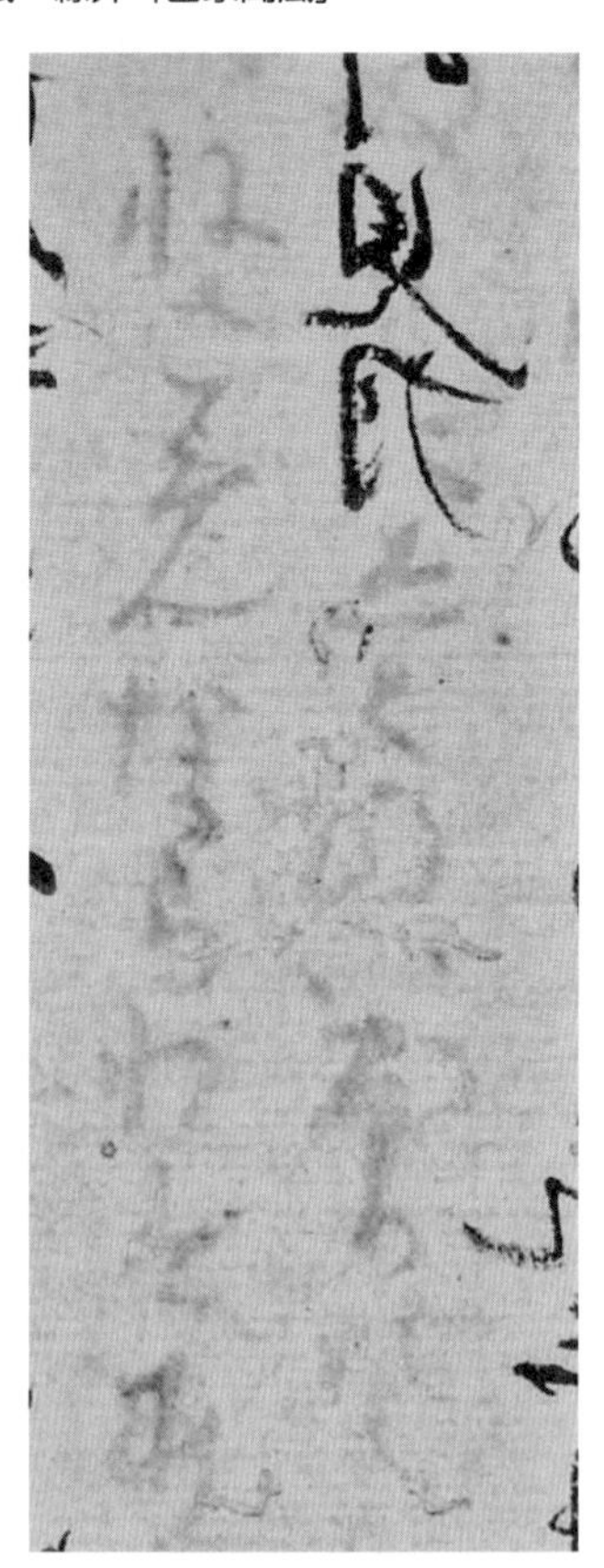

図4　上図部分の拡大反転

〔見月〕しはのいほり
ねさめならわすあ

と読める。

＊〔見月〕は鏡文字

これは、別の歌人憲真の同じ題の懐紙（墨跡研究会編『春日懐紙』）の矢印の部分であることがわかる（図5）。つまり、縁弁「山家聞嵐」に同じ題の憲真の懐紙が映り込んでいたのである。打ち紙の際、縁弁と憲真の「山家聞嵐」懐紙は、組になっていたことが判明したのである。このように、二枚の懐紙でお互いの影を抱き合っているのだが、墨映は、同じ歌題の懐紙が映り込むケースが多い。おそらくは、同じ歌会の時の和歌懐紙は揃って保管されていて、打ち紙の際にもその順番で組にされてゆくからだと推定される。後でまた話題になるが、この同じ歌会の和歌懐紙は、その後万葉集が写される時にも同じ順番が保たれることが多い。現在万葉集面の多くが失われているので、その特定に苦労することが多いのだが、墨映の組が万葉集面の特定のヒントになることも少なくない（後述第五章）。

また、墨映は、次のような点で役に立つことがある。図6は中臣祐

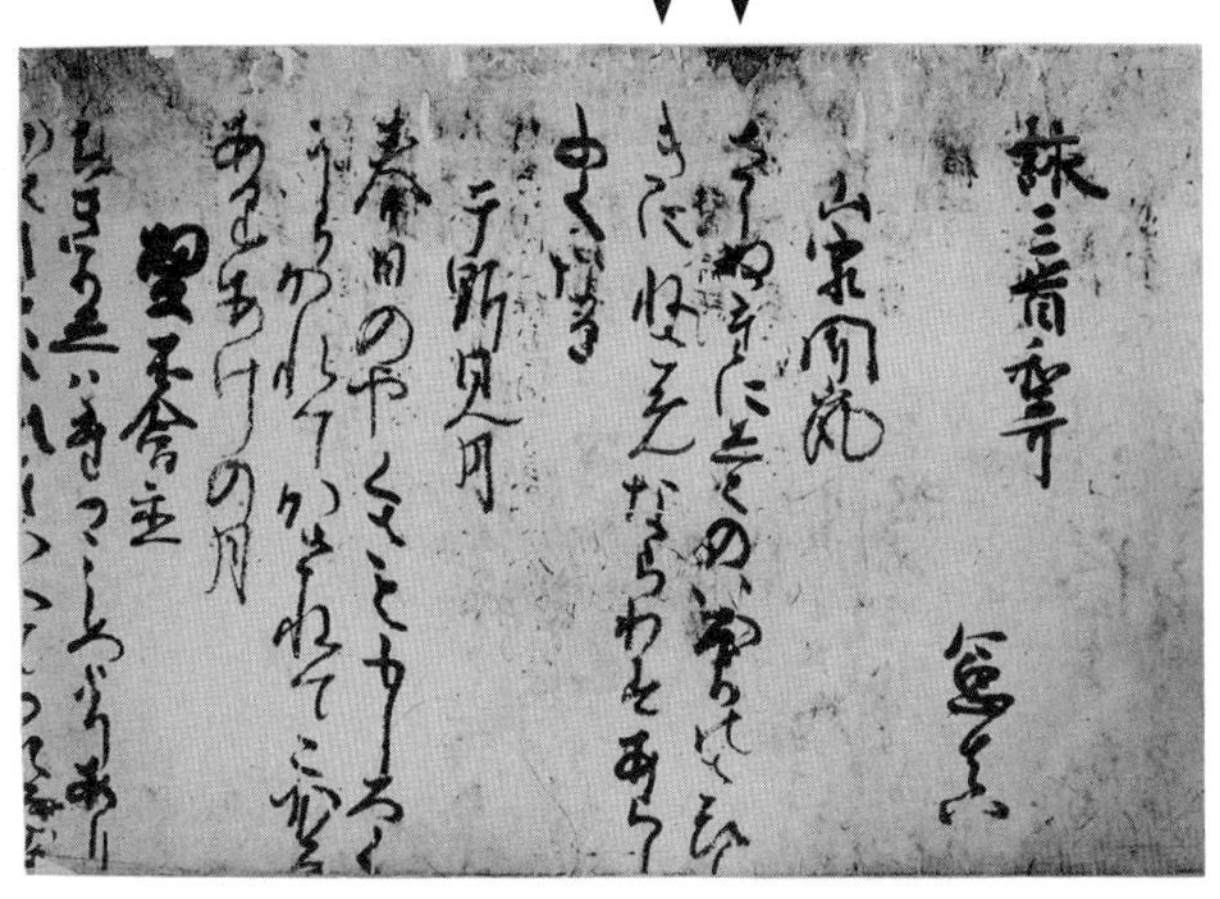
図5　春日懐紙　憲真「山家聞嵐」

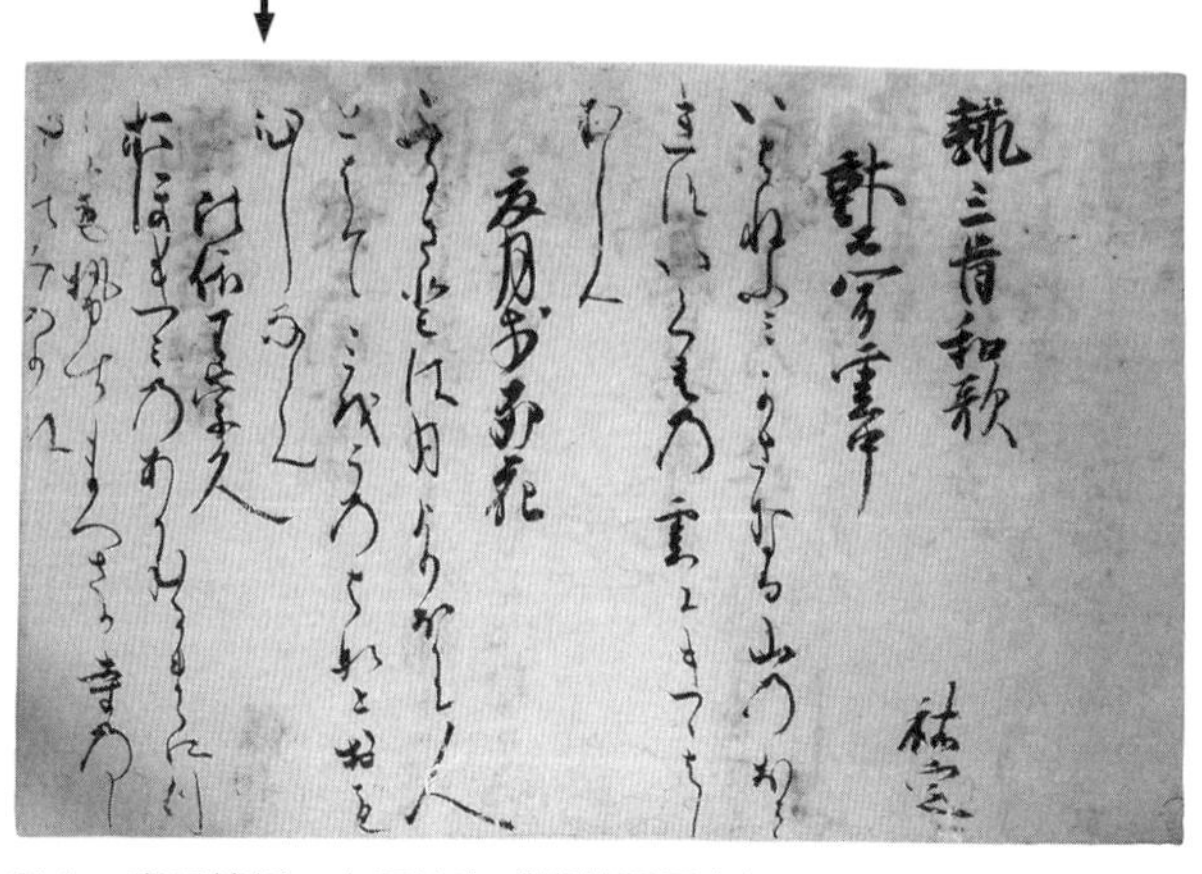

図6　春日懐紙　中臣祐定「郭公聞雲中」

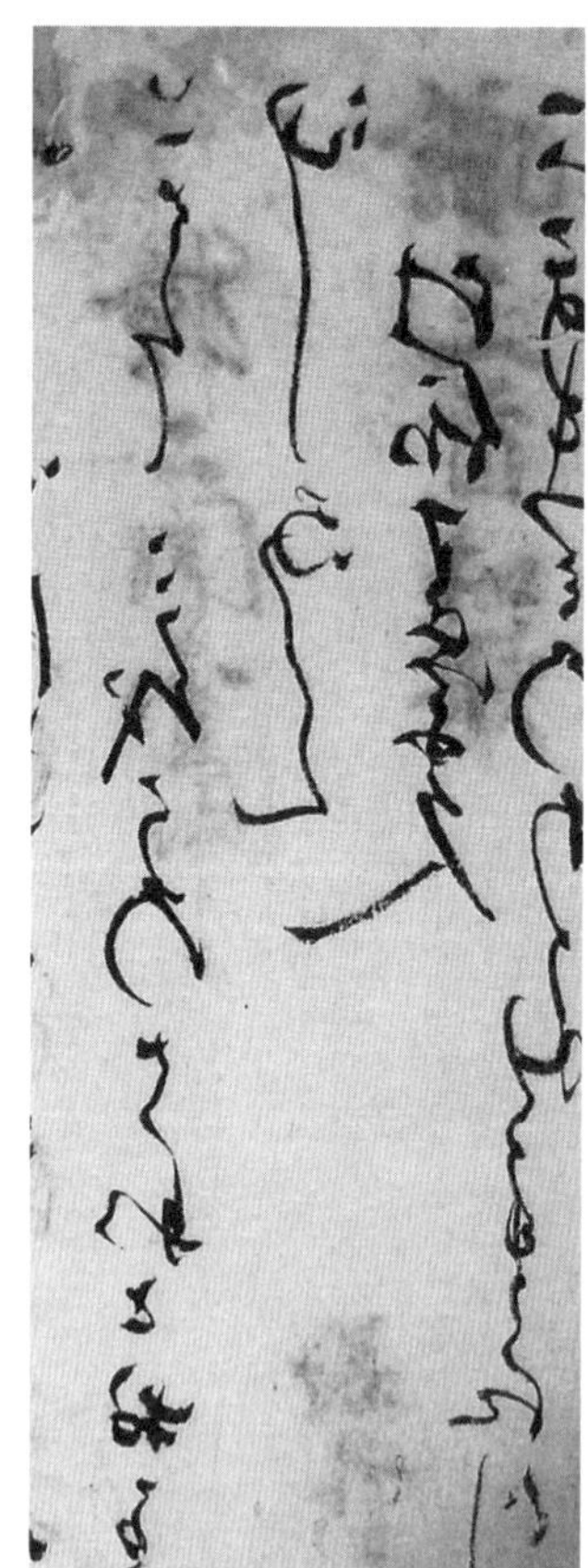

図7　上図部分の拡大反転

定「郭公聞雲中」（ほととぎすを雲中に聞く）という懐紙である。ここにも墨映が見えるのだが、矢印の部分を反転すると、図7のようになる。

つまり、祐定「郭公聞雲中」懐紙の打ち紙の組は、縁弁の同題懐紙だったわけである。しかし、この題の懐紙は、祐定の懐紙一枚しか残っていない。つまり、墨映の懐紙は、今は失われた懐紙ということになる。ならば、墨映から縁弁の懐紙を復元できる可能性があり、一枚の懐紙からさらにもう一枚の未知の春日懐紙の情報が得られるということになる。

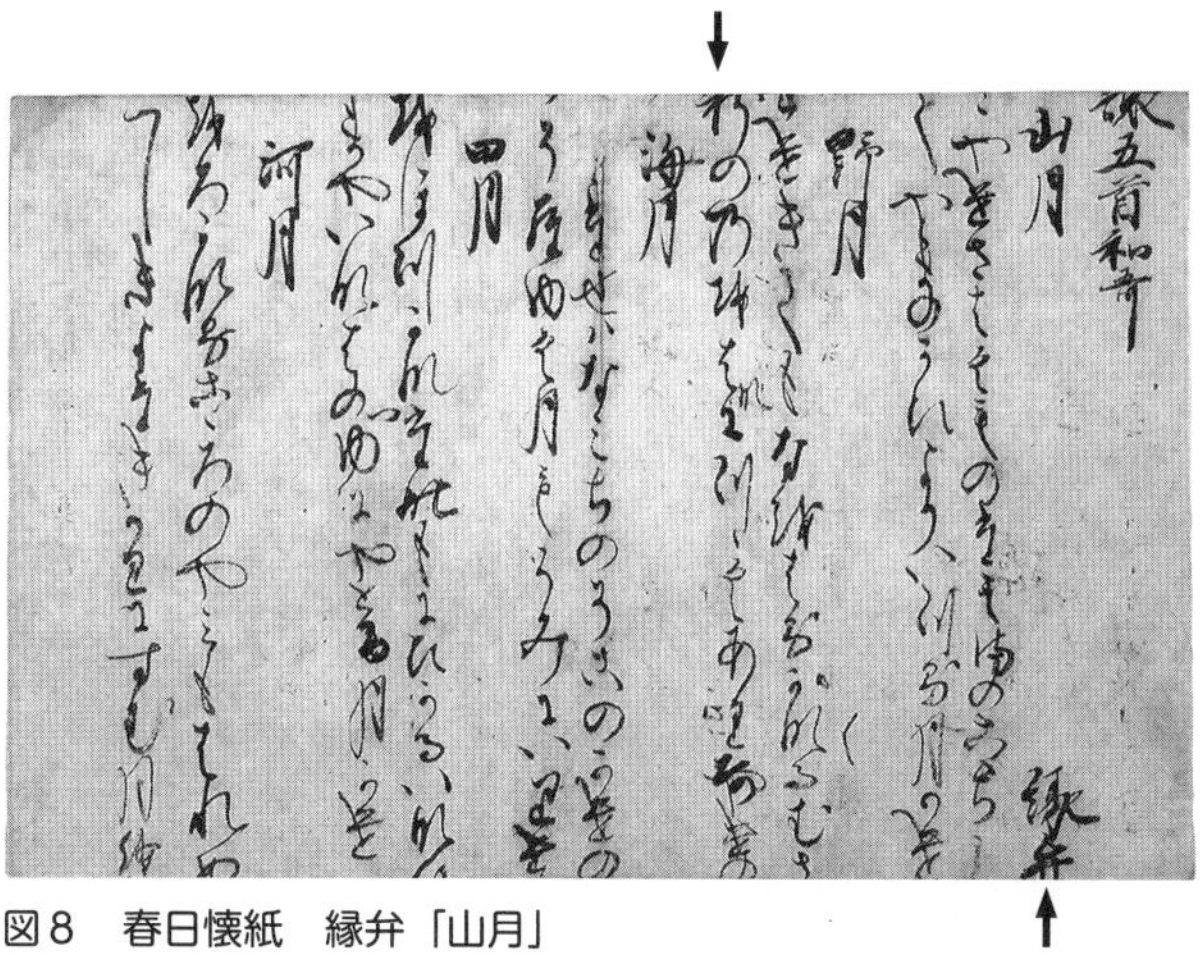

図8　春日懐紙　縁弁「山月」

裁断から万葉集書写

　打ち紙の次に裁断が行われる。懐紙裏の書写された万葉集は、冊子本に仕立てられる。いわゆる袋綴じの冊子である。冊子本にするためには、全部同じ寸法にする必要があるため、懐紙が裁断される。大体縦二八cm、横四三cmの大きさに切られる。そうすると、懐紙面の文字が切れてしまうことがしばしばある。図8は縁弁の「山月」懐紙であるが、上も下も文字が切れていることがわかる（上下の矢印の部分）。春日懐紙の場合、懐紙面の文字が切れるか否かは、懐紙作者の懐紙面の書き方によって違ってくる。懐紙の真ん中あたりにまとまって書く場合はほとんど切れないが、紙いっぱいに豪快に書く場合は、どうしても切れてしまうことが多い。

　春日懐紙の場合、打ち紙をしてから裁断がなされていると考えられるが、その順番はどうしてわかるのであろうか。次の図9は、図8の縁弁

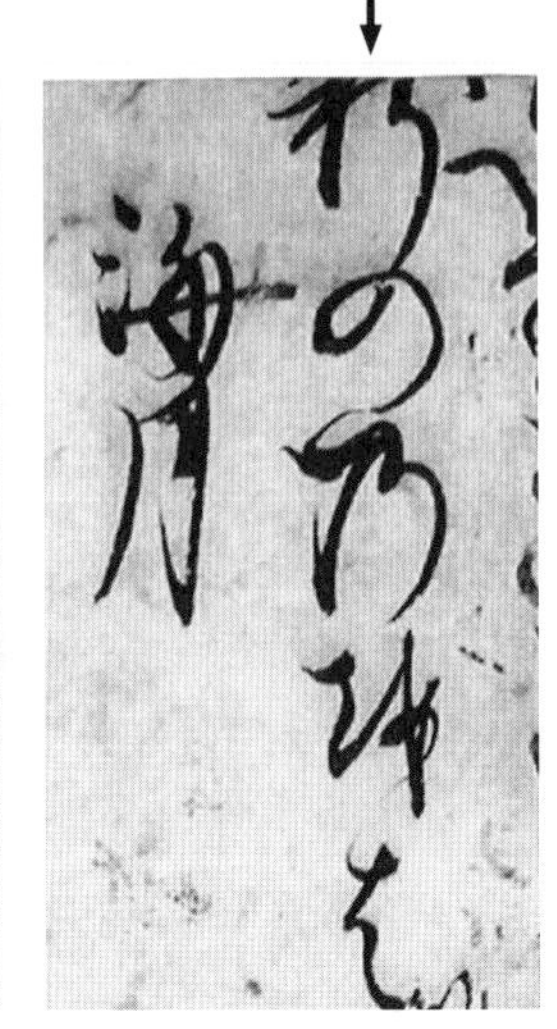
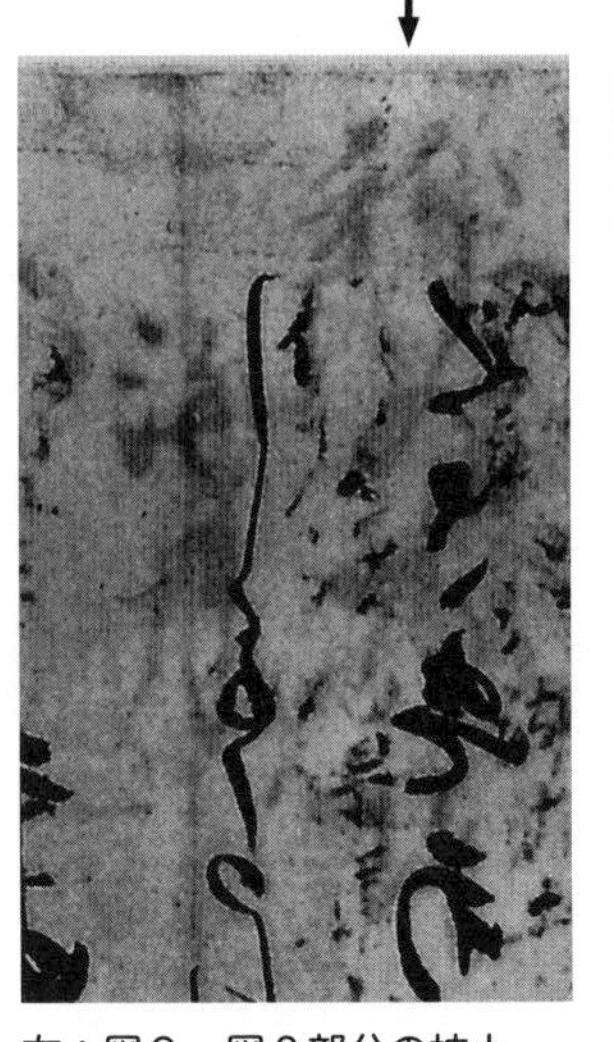
右：図9　図8部分の拡大
左：図10　右図部分の墨映（禅遍「山家聞嵐」の反転）

「山月」の第二首の上部、上の矢印のあたりである。

図8・9から、「海月」という歌題の右上の「むさしのの」の「しのの」の部分で、「し」は「新」を字母としているが、上三分の一が切れていることがわかる。図10はその墨映を反転したものである（禅遍（ぜんぺん）「山家聞嵐」、墨跡研究会）。左下に「海月」があり、その右上の「新」（し）は切れていない。つまり、打ち紙を行った時点では、「しの」の「し」は切れていなかった。裁断はなされていなかったのである。したがって、打ち紙→裁断の順で行われたことがわかる。

打ち紙の可否

墨映の存在は、春日懐紙が裏面の書写を行った際に打ち紙を行った何よりの証拠である。ところが、石川県立歴史博物館で春日懐紙の調査を行っていた際、調査に同行していた川口法男氏（石川県文化財保存修復工房）から、打ち紙をすると、紙質は緻密になる（いわゆる熟紙（じゅくし）になる）が、春日懐紙の紙質はどうもそうではなさそうだという意見を頂戴した。ちょうどそのころ、宍倉佐敏編著『必携古典籍古文書料紙事典』（平成二三年、八木書店）が刊行され、その

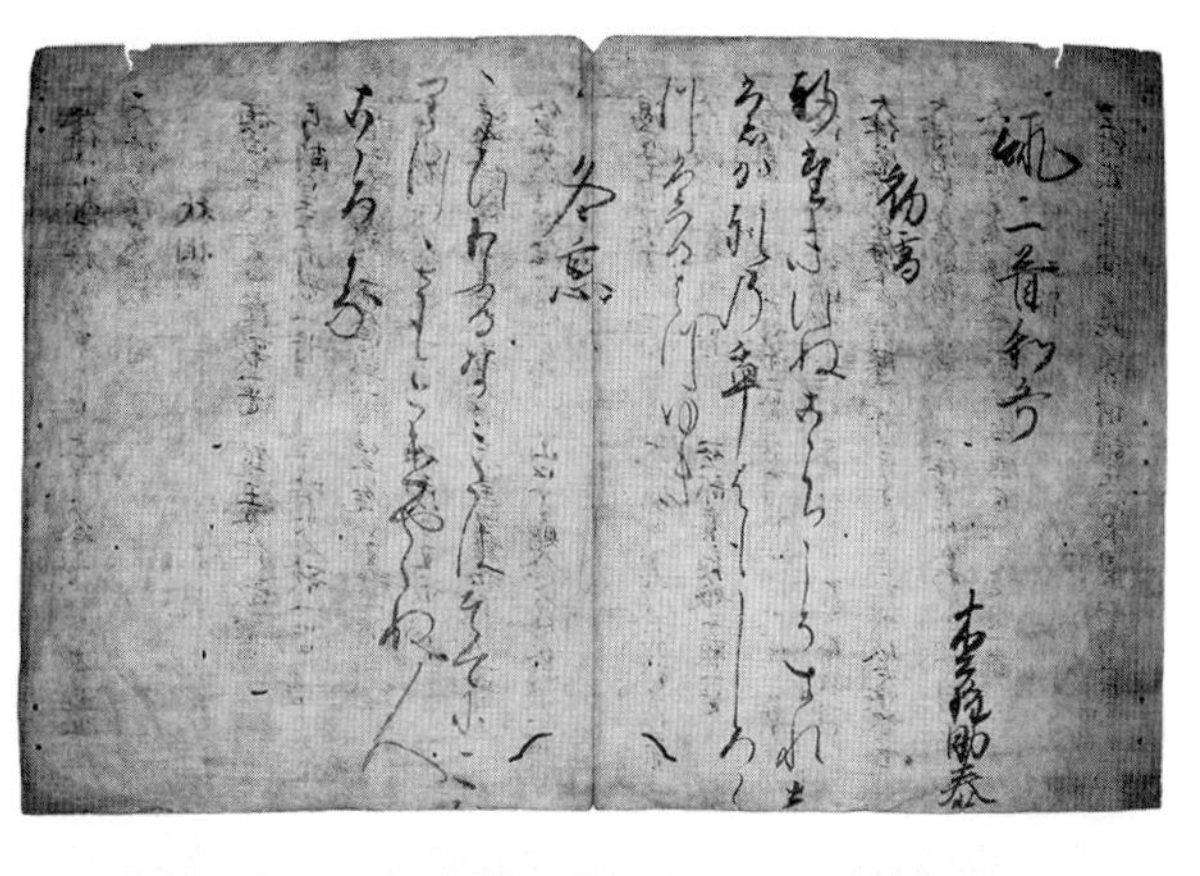

上：図11　春日懐紙　大中臣泰尚「初雪」表　下：図12　同裏

「コラム　古典籍に見える墨映」（担当渡辺滋氏）の項目に、打ち紙をせずに、水で濡らしただけでも墨映は生ずるという記述を発見した。両者を考え合わせると、春日懐紙の場合、打ち紙が行われていない可能性もあるということになる。

そこで、裏表が残る春日懐紙を多く有する石川県立歴史博物館に再び調査に赴き、川口氏にも立ち会いを求め、あらためて調査を行った。調査方法はこうである。文化財修復の専門家が目視で打ち紙で生じた紙質の変化が認められないというのであれば、もっと微細な違いをデジタルマイクロスコープで見極めようという考えである。具体的には、懐紙面と万葉集面の墨跡を同倍率で撮影して紙への墨の乗り具合を比べようとする。

まず、対象としたのは、木工権助（大中臣）泰尚の「初雪」懐紙の裏表である（図11・12）。

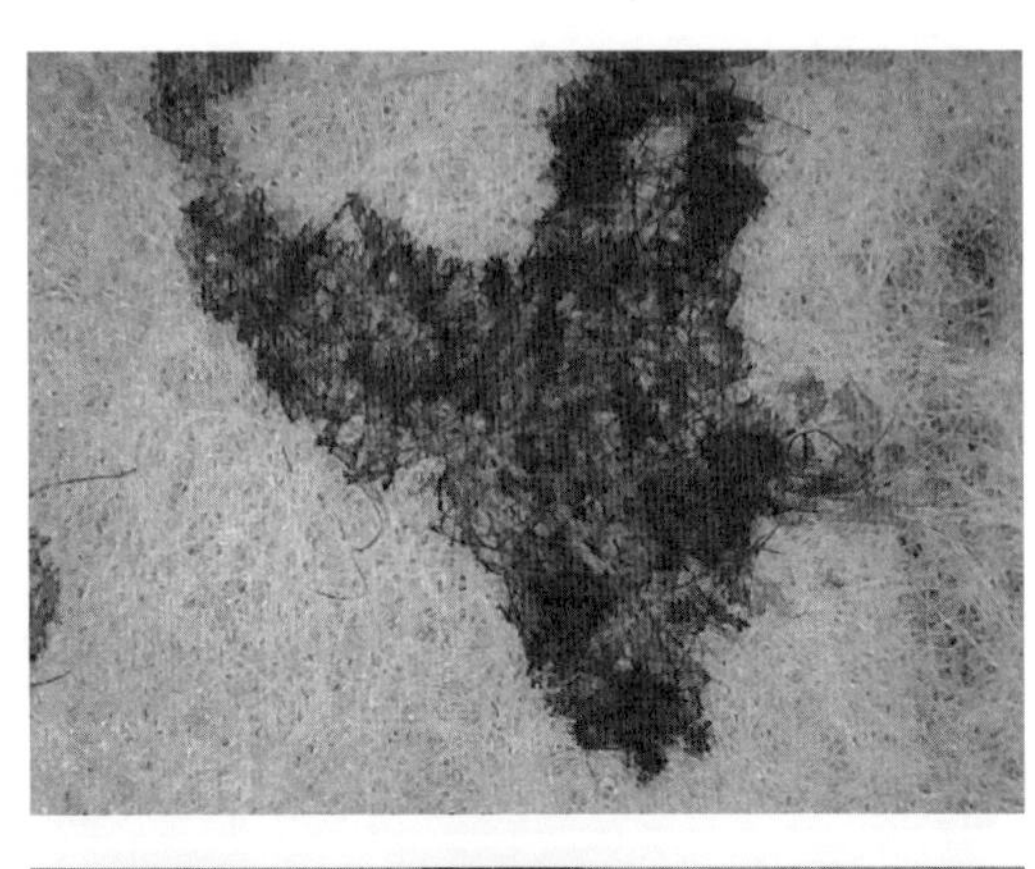

上：図13　表「首」右下角
下：図14　裏「首」右下角

裏の万葉集は、巻八の目録部分である。図11、12を比較するとわかるように、和歌懐紙と万葉集とでは、字の大きさも違うし、仮名の多い和歌懐紙と漢字ばかりの万葉集とでは、比較はなかなか難しい。しかし、裏表で共通する字がわずかながら存する。「首」である。次は、和歌懐紙の総題（端作り）の「詠二首和哥」の「首」（図13）、万葉集では、第四行上の「額田王近江天皇作歌一首」の「首」（図14）を並べて比較している。いずれも「首」の右下の角の部分である。

下の万葉集の「首」に比べ、上の和歌懐紙の「首」の墨の乗りが悪いのがわかる。上は墨がかすれているし、下は墨がよく乗っている。これは、和歌懐紙の段階で書かれた紙の状態と万葉集として書かれた紙の状態が変わっていたためと考えられる。

春日本巻二十、四三一五～二〇　万葉集の歌番号は、旧国歌大観番号による。以下同じ。

次は、中臣祐方（すけかた）「向泉待友」懐紙の裏表の「首」の比較である（図15が懐紙面の「詠三首和哥」の「首」、図16が春日本巻二十、四三一五～二〇左注の「右歌六首」の「首」の右下の角）。

明らかに同じ傾向であり、この懐紙面と万葉集面の墨の乗りの違いが偶然ではないことを告げている。つまり、図13、14と図15、16とは、ともに万葉集書写の段階で紙質が和歌懐紙の段階より緻密になっていることを物語っている。この違いはどうして生じたのか。万葉集書写に際して行われた打ち紙によって生じたものと考えざるを得ない。

この結果を受け、今一度川口氏に意見を求めたところ、春日懐紙の場合、熟紙になるほどの打ち紙は行われていないが、打ち紙自体は行われていたのではという回答であった。

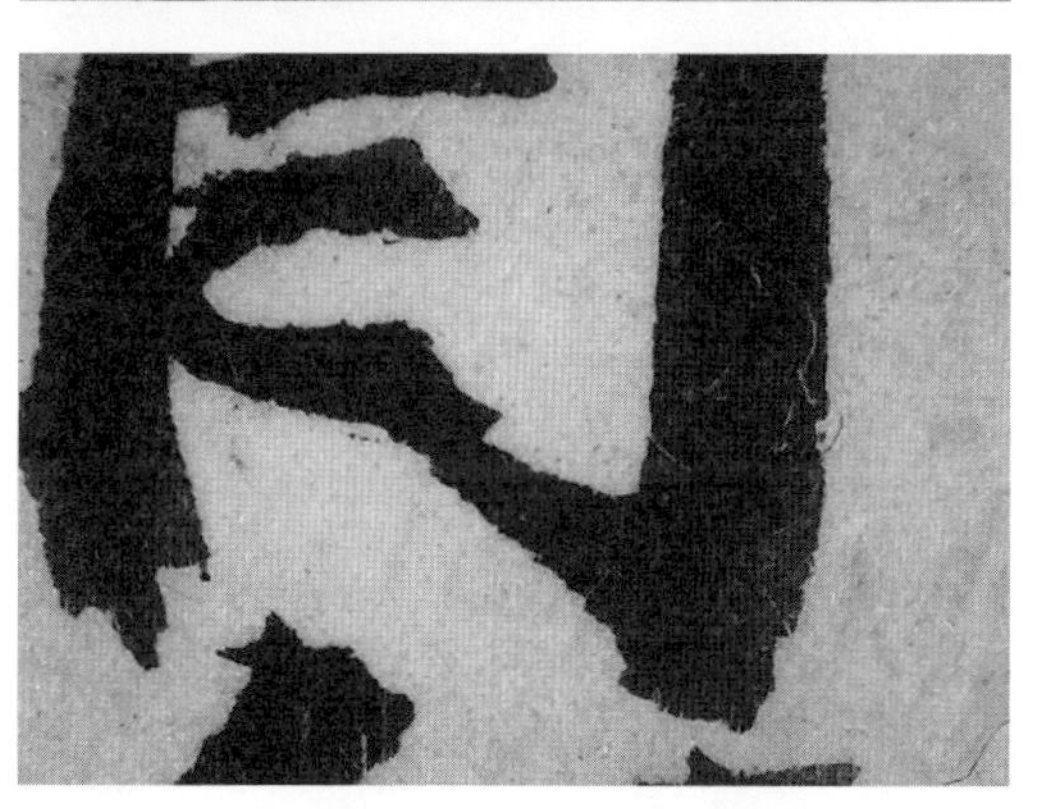

上：図15　春日懐紙　中臣祐方「向泉待友」表「首」右下角
下：図16　同裏「首」右下角

春日本書写——春日本の複製品

裁断された用紙には万葉集が書写

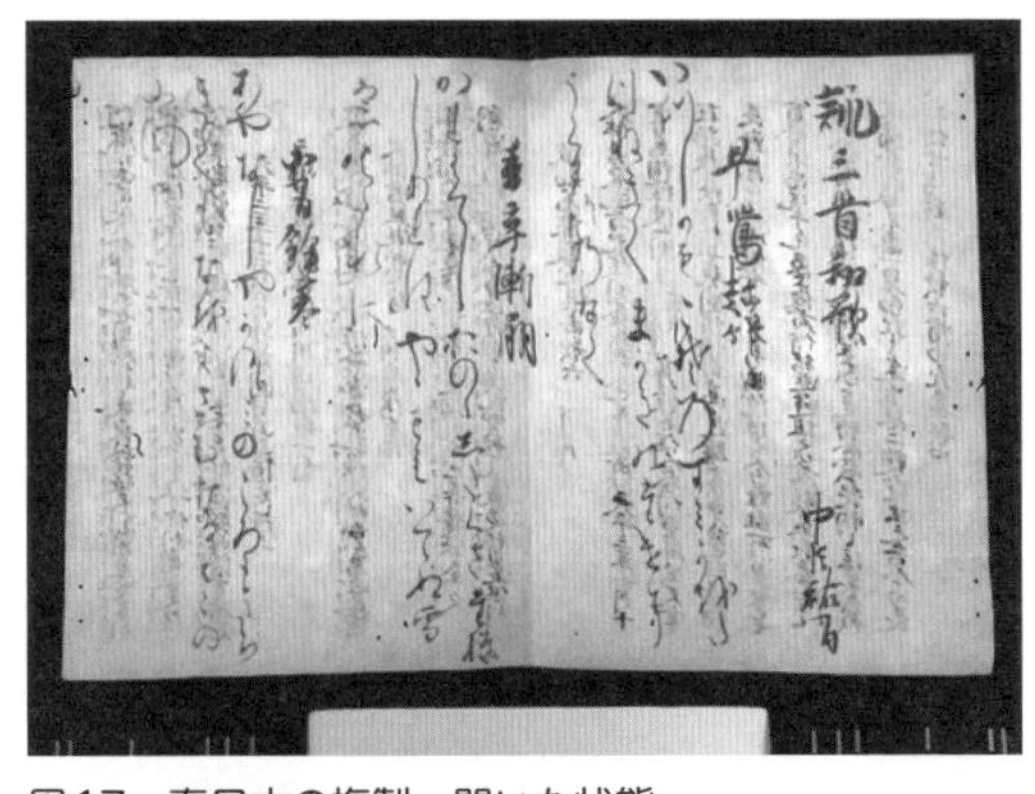

図17　春日本の複製　開いた状態

図18　上図の複製品を閉じる

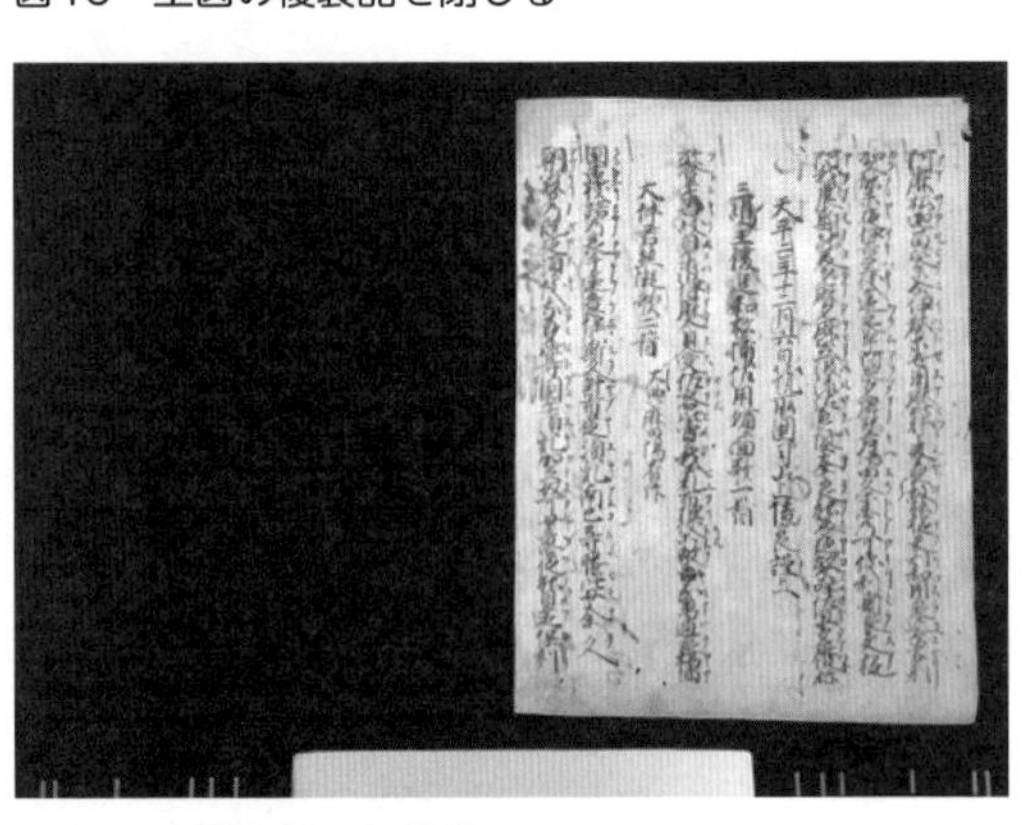

図19　上図を閉じた状態

される。袋綴じにされ、片面九行、一面で一八行で写される。現存資料はすべて和歌懐紙の状態に戻されているが、万葉集として仕立てられていた時には、次のような状態であったと推測される。

図17～19は、春日懐紙の複製品▲で万葉集当時の姿を復元したものである。石川県立歴史博物館蔵の中臣祐有（すけあり）「早鶯趁竹（さうあうたけをおふ）」の表裏を正確に複写し、春日懐紙に近い紙に印刷し、虫食い跡なども忠実に復元した複製品である（石川県文化財保存修

春日懐紙の複製品　この複製品は、三菱財団人文科学研究助成「春日懐紙・春日本万葉集の書誌的研究」（二〇〇九～二〇一〇年度）による。

復工房作成）。同館所蔵の春日懐紙は国指定の重要文化財なので、現状について手を加えることが難しい（二つ折りにすることさえ）。そこで、複製品で春日本当時の袋綴じの状態を復元した次第である。

空界

なお、万葉集として写されていた時には、片面九行で正確に写されるように空界（墨ではなく、へらなどで溝をつけ罫や界を引いたもの）が施されている（図20。中臣祐有「向泉待友」裏、石川県立歴史博物館）。春日本の歌の頭には合点（斜めの線）が付されていることが多いが、図20では、二箇所の合点が空界の部分で切れていることがわかる。

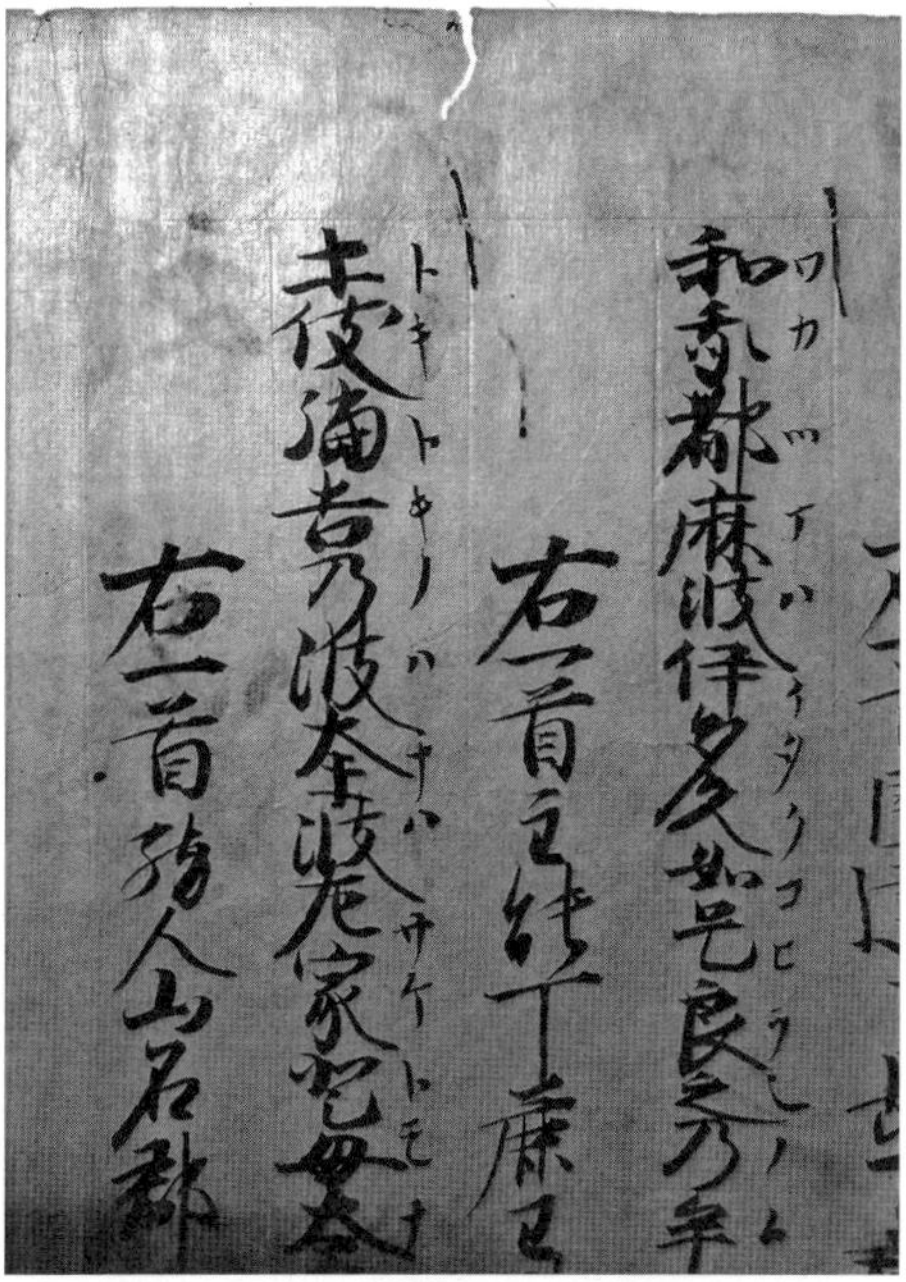

図20　春日懐紙　中臣祐有「向泉待友」裏

春日本の丁数

万葉集（春日本）は、二〇巻のうち、五、六、七、八、九、十、十一、十三、十四、十九、二十の一一巻が残っている。全体で約一六〇枚。巻によって残り方にはずいぶん差があるが、巻六、七などはかな

巻十七を裏に持つ春日懐紙　佐佐木信綱「春日本万葉集残簡」（前掲『万葉集の研究第二』）。

り多く残っている。それらを復元して、抜けている部分を埋めてゆくと、一〇巻で二八〇丁程度あったことがわかる（巻十一は、一枚しか判明していないため、除く）。そのなかで、巻七などは一巻の想定丁数が二六丁と少ないことから、二巻で一冊として仕立てられていたのではないかと推測される。現存本では、広瀬本万葉集はそのような形態となっている。

残存する春日本は、右の一一巻であるが、近年巻十八も一枚見つかっている（未公表）。さらに佐佐木信綱氏が、あるところで巻十七を裏に持つ春日懐紙を見たという記述があることから、全部で一三巻にわたる春日本が現存している可能性がある。

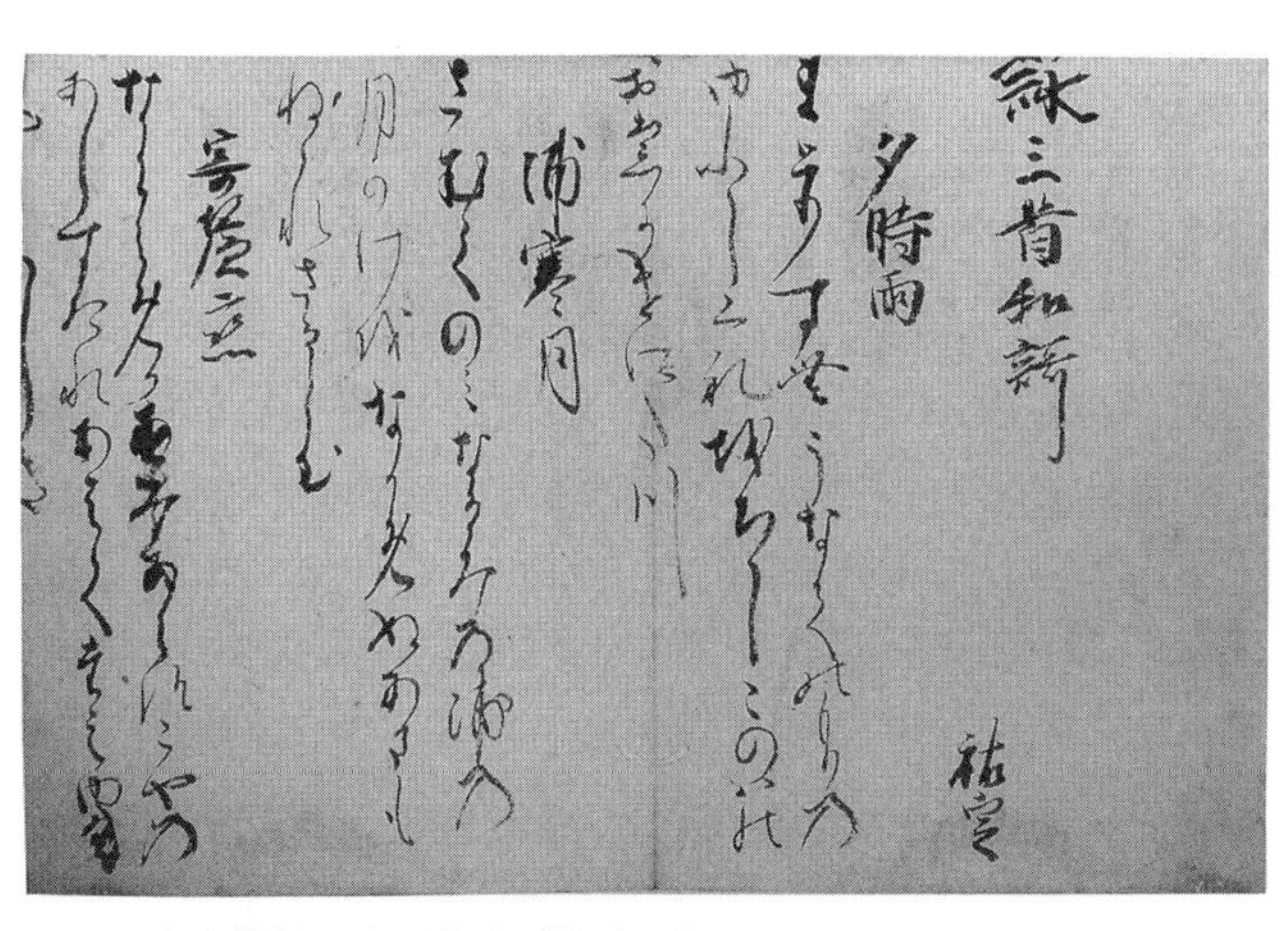

図21　春日懐紙　中臣祐定「夕時雨」

二▶万葉集面の消失

現在、春日懐紙は、約一六〇枚の現存が確認できる。その裏にはすべて春日本万葉集が書写されていたはずであるから、鎌倉時代書写の万葉集の書写本としては、かなりの残存量だと言える。しかし、それは、万葉集面がすべて残っていればという話である。じつは、万葉集面の多くは消失しているのである。

図21は、中臣祐定「夕時雨」懐紙である。先ほど見たように、春日懐紙の裏には万葉集が写されているので、懐紙面にも万葉集の文字が鏡文字で映っているはずだが、まったくといってよいほど見えない。だが、このようなケースが決して稀というわけではない。春日懐紙の裏の万葉集は、大半が消失しており、このように、和歌懐紙としてしか認識されないことが多いのである。

どうして、万葉集面は消失したのか。後世になって、袋綴じの冊子本に仕立てられた春日本万葉集は、綴じが外され、一枚ずつの和歌懐紙に戻される。それは、万葉集面の裏にあった和歌懐紙が重視されたからに他ならない。ところが、和歌懐紙として見たとき、裏の万葉集面が映り込み、非常に目障りであったと考えられる。そこで、和歌懐紙を鑑賞する立場から、万葉集面が消されたと推測される。

相剝ぎ

では、どうやって万葉集面は消されたのか。従来は、削られたと考えられてきた。小刀などで、墨で書かれている部分を削ったという考え方である。まず、春日懐紙の発見者である佐佐木信綱氏（先掲『万葉集の研究第二』）がそのように述べているし、続いてこの資料を扱った永島福太郎、小松茂美（先掲墨跡研究会編『春日懐紙』、小松茂美（『古筆学大成』第十二巻）両氏も同様である。しかし、万葉集面の消失は、「相剝ぎ」によって行われたと考えられる。

「相剝ぎ」とは、一枚の紙を表裏二枚に剝ぎ取る手法である。現代の西洋紙では、紙を表裏に剝ぐことは考えにくいが、和紙の場合は相剝ぎはよく行われていた。

図22は、相剝ぎが行われていて、しかも懐紙面と万葉集面とがともに比較的残っていて、なおかつ裏打ちがない例である（中臣祐方「草花」、石川県立歴史博物館蔵）。現存する春日懐紙で、相剝ぎが行われていて、裏打ちがされていない事例

は、これが唯一である。たとえば、国文学研究資料館蔵の三一枚の春日懐紙には裏打ちがないものは一例も見られない。

図は、万葉集面から見たものであるが、一面のうち、A（左上）には比較的万葉集の文字が残っているのに、B（右下）には万葉集の文字が残っていないという顕著な違いが看取される。文字が残っているAは暗く、文字のないBは明るいという点も対照的である。この図は、紙の下から光を当てた、透過光による写真である。したがって、明るいところは紙が薄くなっていて、暗いところは紙が厚いことが知られる。

図22　春日懐紙　中臣祐方「草花」万葉集面

紙が厚いところは文字が残り、紙が薄いところは文字が消えているということは、じつは、小刀で削っても、相剝ぎしても同じ結果なのだが、問題は残り方である。もし、小刀で削ったのなら、墨付きの部分だけを削るわけであるから、縦に行に沿って文字が消えてゆくはずである。ところが、この場合、文字の残っていないBの上の部分には文字が見えるし、文字が残っているAの下の文字は消えている。文字の消え方は行に沿ってはいない。この不規則な消え方は、相剝ぎによるものと考えられる。

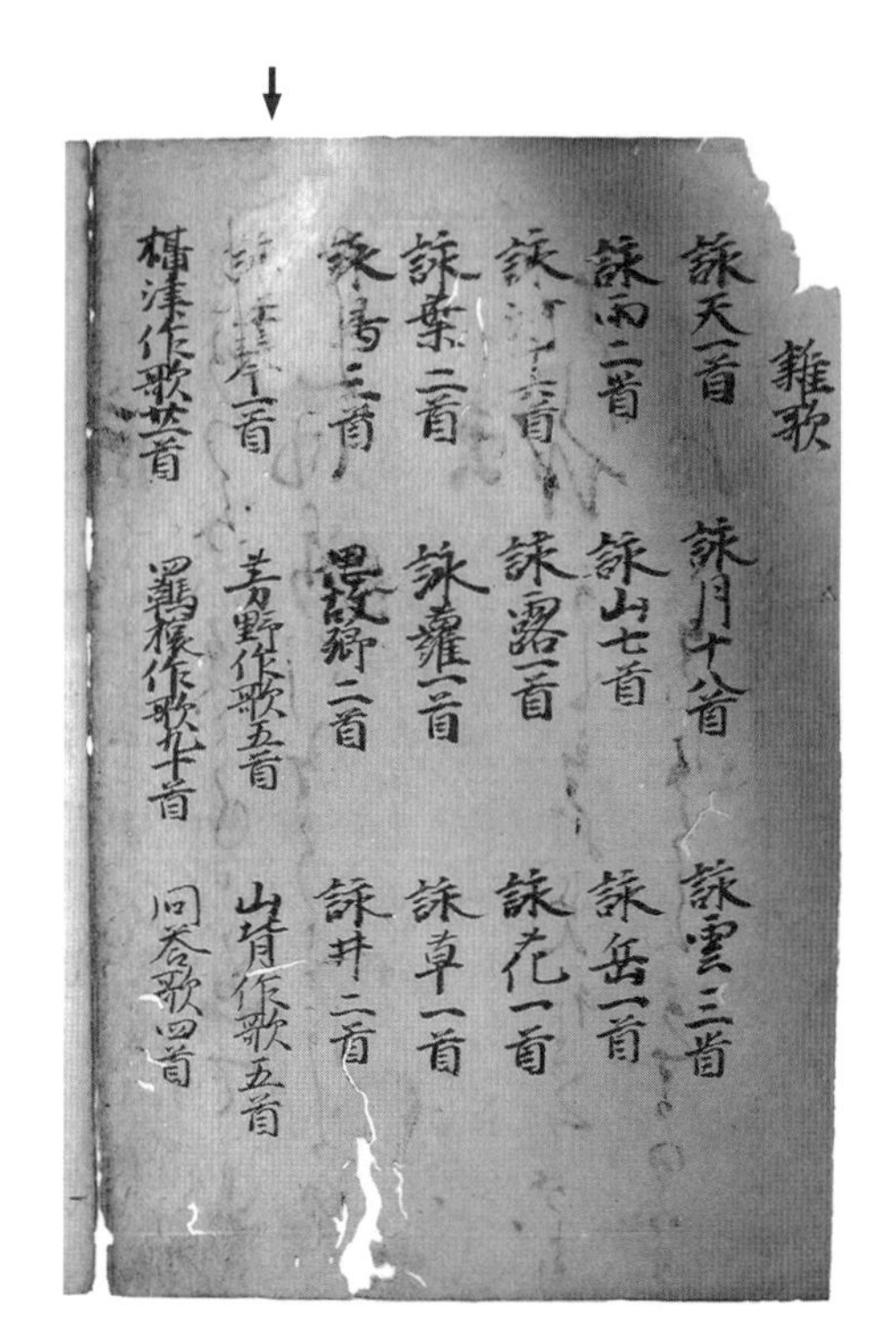
雑歌
詠天一首　詠月十首　詠雲三首
詠雨二首　詠山七首　詠岳一首
詠露一首　詠花一首
詠葉二首　詠蘿一首　詠草一首
詠鳥二首　思故郷二首　詠井二首
芳野作歌五首　山背作歌五首
攝津作歌廿一首　問答歌四首

図23　春日懐紙　中臣祐有「月・鹿・虫」裏表

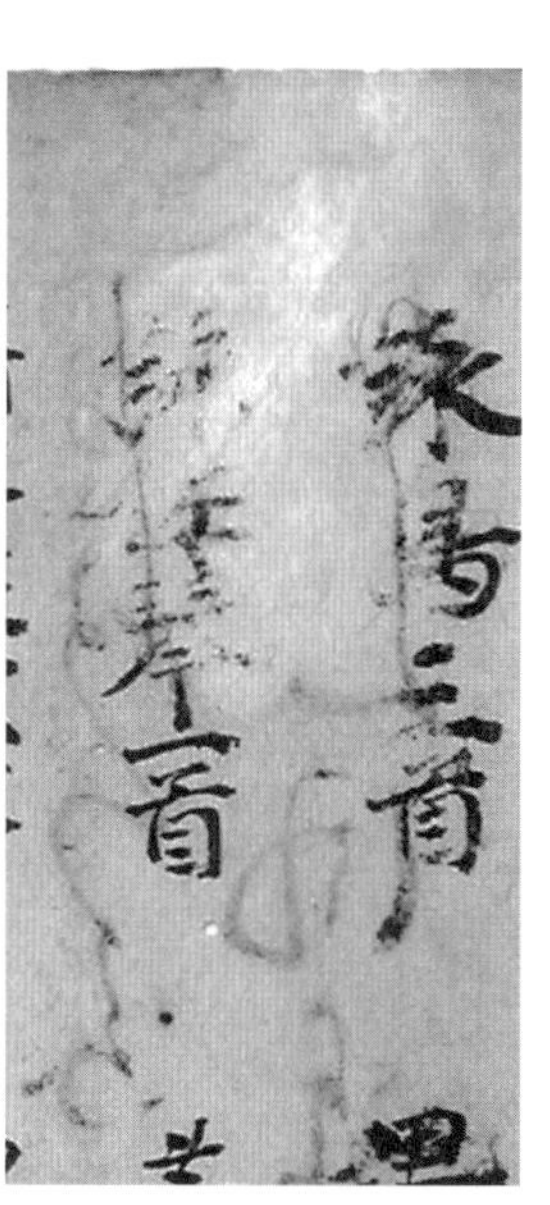
図24　上図の部分拡大

万葉集面の行方

和紙の中に「鳥の子」という紙がある。上質な紙で、これだと、裏表はきれいに二枚に剥ぐことができる。しかし、春日懐紙の場合、きれいに剥がれている例は稀である。これは紙質が相剥ぎには向かない楮紙であったためと考えられる。それにしても、懐紙面から剥がされた万葉集面はどうなったのであろうか。図23は、万葉集面が残っている稀な例の一つである（巻七目録、中臣祐有「月・鹿・虫」裏、石川県立歴史博物館蔵）。一般的には相剥ぎが行われていない例と考えられ

相剥ぎには向かない楮紙　上質の鳥の子紙は相剥ぎに向くが、楮紙は、相剥ぎした場合、きれいには剥がれないことが多い。

てきた。

しかし、矢印の部分は文字が消えかかっている。その部分を拡大したのが図24である。消えかかっている部分には方向性があり、おそらく矢印の部分から剝いだものと考えられる。上の方から剝いでゆき、あるところまで剝いで、途中であきらめる。その結果、「詠倭琴一首」の「詠倭」までが消え、「琴一首」以下が残ったと考えられる。相剝ぎをしようと試み、途中であきらめた痕跡だと考えられるが、問題はどこから剝ぎはじめているかである。和歌懐紙だけでなく、万葉集面も残そうと思っていたのなら、どこから剝ぎはじめるか。当然剝いだ面全体が残るように紙の端から剝ぎはじめるであろう。それが、こんな中途半端な場所から剝ぎはじめているのだから、剝げそうなところを剝いでゆこうという意図しか感じられない。おそらく剝がされた万葉集面は基本的にうち捨てられたと考えられる。相剝ぎの基本は、裏表二枚を活かす手法であるが、春日懐紙の場合は、万葉集面を除去することを第一の目的に行われたものであると考えられる。

白紙の裏に書かれた春日本

相剝ぎに関してもう一つ述べておきたいことは、「白紙の裏に書かれた春日本」という問題である。春日懐紙・春日本の発見者である佐佐木信綱氏は、春日

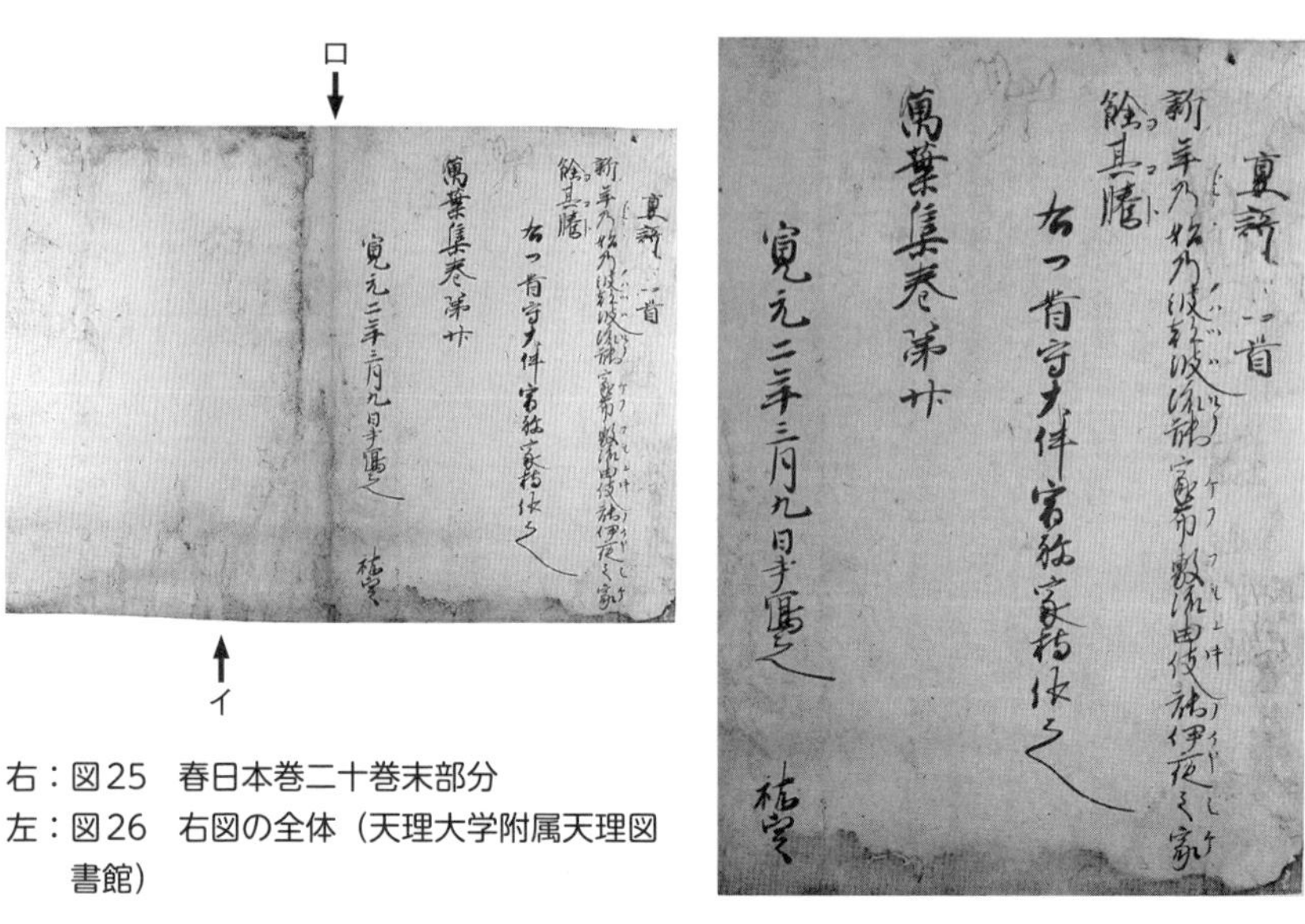

右：図25　春日本巻二十巻末部分
左：図26　右図の全体（天理大学附属天理図書館）

本の中に和歌懐紙ではなく、白紙の裏に万葉集を書いた事例があると述べている（先掲「春日本万葉集残簡」）。たとえば、巻二十の巻末部分である。

図25は、春日本巻二十巻末の図版である。『校本万葉集』（諸本輯影）や『古筆学大成』（第十二巻）に掲載されているのと同様の形態にしている。しかし、春日本の本来のサイズならば、左右どちらかにもう半分続いているはずである。実際、この実物は図26のようになっている（天理大学附属天理図書館蔵）。この形で紙の状態をよく眺めると、紙の真ん中下の部分（↑イ）や左上の部分が著しく薄くなり、ほぼ破れていることがわかるであろう。

それだけではない。矢印ロは、春日本の袋綴じの際の折り目であるが、それより右側は二〇・八㎝、左側は一七・七㎝。あきらかに左側が短い。これは、現存する左端のさらに左側の損傷がひどく、切断されたためと考えられる。

このような著しい紙の損傷は、相剥ぎの結果と考えられる。この巻二十の巻末部分は、裏が白紙の紙に写したのではなく、相剝ぎされた結果、裏に何も墨跡がなくなったと考えざるを得ない。佐佐木氏は、裏が白紙に写された例として、さらにもう一枚巻六の巻末部分を挙げているが（石川武美記念図書館蔵）、これも天理図書館蔵のものと同様激しく損傷している。同じく相剝ぎのためと考えられる。現存春日本万葉集で白紙裏に書写されたことが確認できる事例はない。

三▼春日懐紙の保存状況

残存する春日懐紙・春日本万葉集は約一六〇枚だが、万葉集面が完全に残る例は二三枚にすぎない。すると、逆にこれらはどうして残ったのかという点が疑問に思われる。疑問を解くためには、春日懐紙・春日本万葉集がどのように保存されたかを考える必要がある。

春日懐紙は、近代になってから加賀前田家から出てきたわけだが、いくつかの群に分かれて出現したことが知られている。

1 名古屋関戸家　二九枚
2 金沢松岡家　四三枚
3 大鋸（おおが）彦三郎　三〇枚
4 墨跡研究会　三七枚
5 国文学研究資料館　二五枚

3の大鋸氏の群は、郷土史家の大鋸氏がある骨董商から買い取ったものとされる。また、4は、金沢の某家から買い取った懐紙群を上田湛一郎氏が墨跡研究会名で複製本（『春日懐紙』昭和三九年）として刊行している。5は、国文学研究資料館が平成二年に一括購入したものであるが、もとは1〜4のどれかであったと考えられる。

これら1〜4の群別の懐紙作者を見ると、1の関戸家は大中臣親泰と中臣祐基（すけもと）、2の松岡家は中臣祐定、縁弁、明算（みょうさん）、学詮（がくせん）、素俊、学乗（がくじょう）、3の大鋸氏のものは中臣祐方、中臣祐有、大中臣泰尚（やすなお）、良胤（りょういん）、泰俊となっていて、4の墨跡研究会のものは、一人一枚の懐紙が三七枚集成された特殊なコレクションといえる。5の国文学研究資料館蔵は、中臣祐定、縁弁、明算、学詮、素俊となっている。したがって、これは、2の松岡家のものと関係すると推測されるのだが、不明な点が残る。松岡家の懐紙群は佐佐木信綱氏が論文で書き記した後、行方不明になっており、しかも、佐佐木氏は、これらの資料について、祐定何枚などと作者別の枚数は記しているが、歌題などは一切書き残していないので、詳細がつかめない。しかし、2と5の作者と枚数を比べると、次のようになる。

2		5	
中臣祐定	一二枚	中臣祐定	六枚
縁弁	一〇枚	縁弁	七枚

明算　七枚
学詮　六枚
素俊　三枚
学乗　一枚
祐定書状　三枚
裏万葉　二枚

明算　三枚
学詮　五枚
素俊　二枚
祐定書状　二枚

右のように、2松岡家分と5国文学研究資料館分は、作者が重なるだけでなく、各作者の枚数が、5が2を上回ることがないことが確認できる。また、現存春日本の裏で和歌懐紙ではなく、書状である事例は当面の三例しか確認できないので、5が2の残りであることは確実であると言えよう。

このように、春日懐紙は、出現の形態から、作者別に保存されてきたと推測されるのだが、その推測を決定的にしたのが、中臣祐定の懐紙目録である（図27、北村美術館蔵）。これは、北村美術館蔵の中臣祐定「草花」懐紙の付属文書として伝わったものである。

右上の「若宮神主中臣祐定」がいわば標題で、そこに三段にわたって、懐紙題などが記されている。この目録は、縦四九・五cm、横三一・〇cmという大型で、袋状になっている（図28参照）。

すなわち、春日懐紙のうち、祐定の懐紙などを入れて、表に懐紙題などを記した保存袋といった性格のものと考えられる。つまり、春日懐紙の保存が、懐紙作者を主体として行われており、歌題別でもなく、まして万葉集面の巻別でもなか

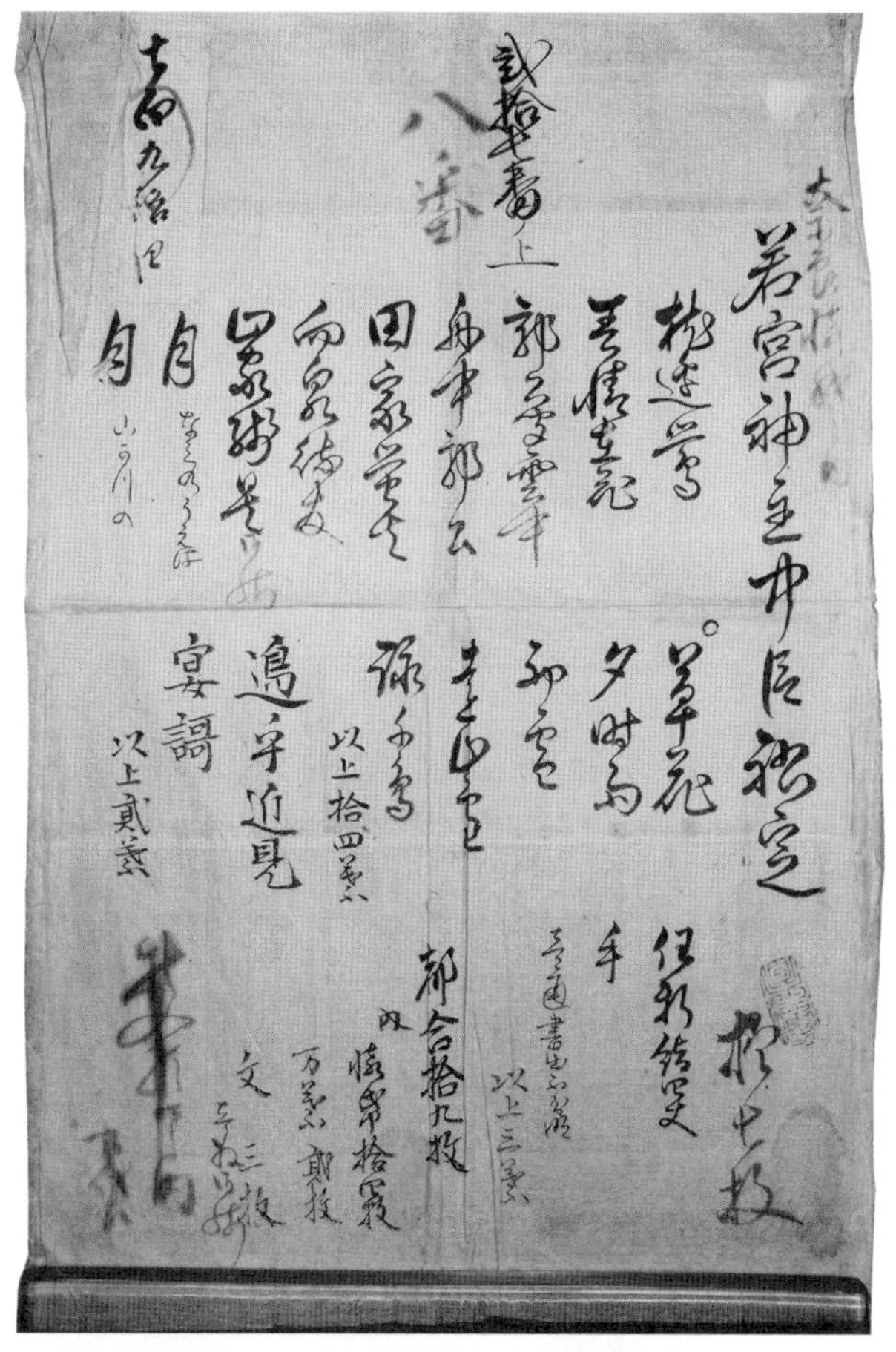

図27　春日懐紙　中臣祐定懐紙目録（北村美術館）

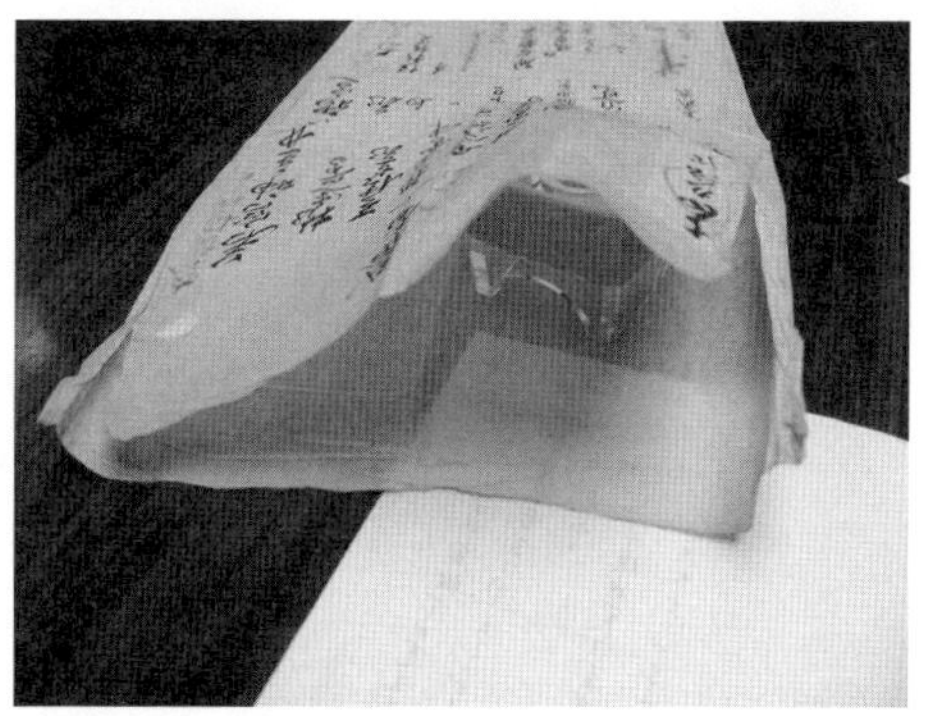

図28　上図の目録を袋状にひらいたところ

ったことが知られる。ただ、この目録には、祐定懐紙とは別種のものが混じっている。第二段の「詠千鳥／以上拾四葉」の左に、

邉乎近見
宴謌
以上貳葉

とある。これは、前者が春日本巻六巻末部で、後者が春日本巻二十巻末部（図26、二六頁）にあたる。これらは、先ほど、裏が白紙とされる春日本の部分で取り上げた、懐紙面が相剝ぎされた春日本の二枚である。この二枚は、裏面に何も見えず、万葉集面に祐定の署名があるため、祐定懐紙に組み入れられたと考えられる。
また、第三段には、次のようにある。

任科絹四丈
手
壱通書出不分明
以上三葉

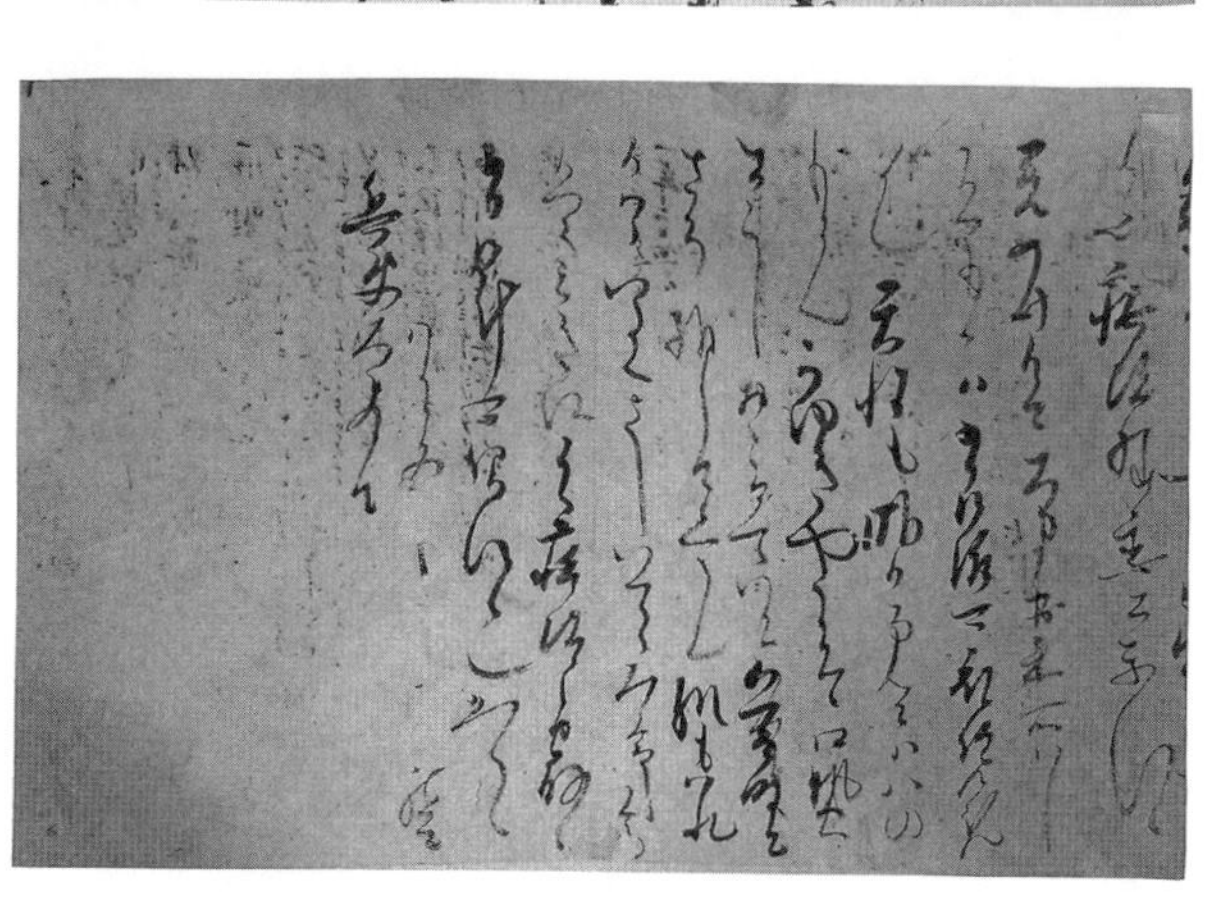

上：図29　春日懐紙（書状「任科絹四丈」）
下：図30　春日懐紙（書状「書出不分明」）

第三段の「都合拾九枚」のあとに、「内」として「文　三枚」とあるように、これは書状と考えられる。このうち、「任科絹四丈」は、同じ書き出しの書状が国文学研究資料館蔵懐紙群中にあり、「壱通書出不分明」については、同じく国文学研究資料館蔵群に書き出しが半分切れた書状が存し、これに相当すると考えられる。これらも裏は春日本であることがわかっており（上書状、図29、裏巻十三／下書状、図30、裏巻十）、春日懐紙と同様、春日本裏の資料群ということができる。

もう一枚、「手」であるが、これは国文学研究資料館蔵群には見られない。先掲墨跡研究会編『春日懐紙』の解説を行った永島福太郎氏は、多くの春日懐

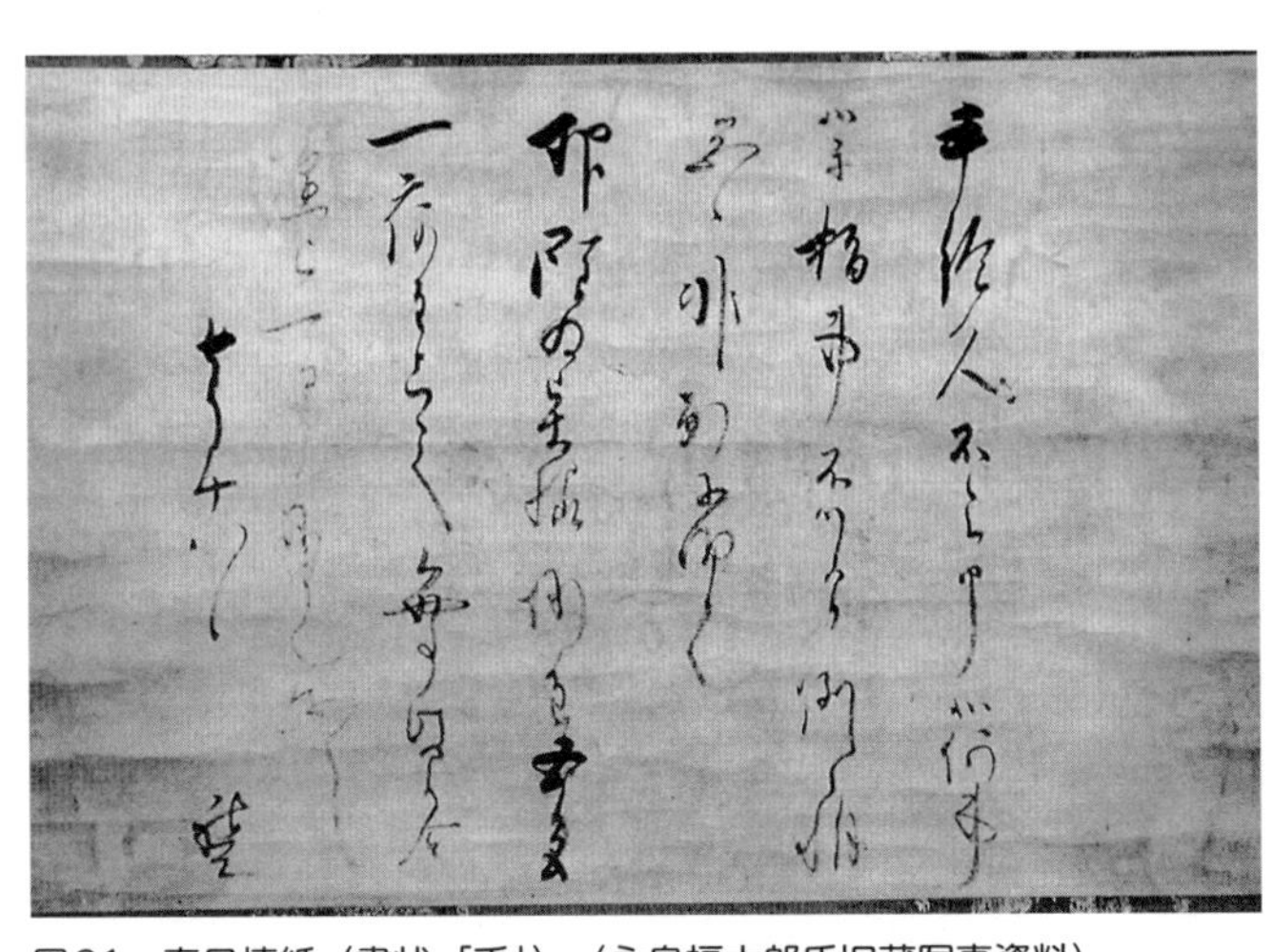

図31　春日懐紙（書状「手」）（永島福太郎氏旧蔵写真資料）

紙研究資料を所蔵するが、そのなかに、図31のような写真がある（現物は所在不明）。

これも祐定の書状であるが、書き出しは「書絶（給？）久」のように読める。が、この第一字は、一見「手」のようにも見られる。目録の筆者が、この書状の書き出しを「手」と誤ったということも考えられよう。なお、この書状は、小さい写真資料だけなので、裏の分析はかなわないが、中央の折れ線が確認され、それを中心に左右対称に複数のシミなどが確認されることから、本来は春日本の裏であったことが知られる。

前田家蔵帳との照合

祐定目録が発見された意義は他にも存する。次は、飯田瑞穂監修『加賀前田家表御納戸御道具目録帳』（国書刊行会、昭和五三年、一四三頁）の一部である（弘化二～三年＝一八四五～四六）。

貳拾七番
新入帳貳

一　奈良懐紙離袋入
　　懐紙数貳百貳拾六枚大小共
　　御目録壱冊副　壱挟板入

右は前田家の蔵帳である。この前後は、「御手鑑離袋入」「懐紙離袋入」など、古筆切などで一枚ずつばらばらになったものが袋入りで保存されているものが列挙されている。件(くだん)の部分は、「奈良懐紙離袋入」とあり、「奈良懐紙」が保存されていることがわかる。この名称は、現在通行する「春日懐紙」とは異なるが、祐定目録の右肩に見える朱書「奈良懐紙之内」と合致することから、前田家ではこの名称が用いられていたことがわかる。そして何より、右の蔵帳の「貳拾七番」という番号が祐定目録と一致していることが重要である。祐定目録とともに保存されていた懐紙群は、前田家の蔵帳のこのグループに属していたことが、これで明らかになるからである。

前田家での保存懐紙の数

ならば、この蔵帳の「懐紙数貳百貳拾六枚」という記述は重要な意味を持つであろう。このことは、前田家が保持していた春日懐紙（奈良懐紙）は二二六枚が上限であることを意味する。すなわち、前田家から出た春日懐紙をすべて探し尽くしても二二六枚以上は見出せないということになる。第一章で、現存する春日本から残存一〇巻の丁数の推定総数を二八〇枚としたが、前田家所持の総数はそれをかなり下回ることになる。

いずれにしろ、探し出せる限りの春日懐紙の規模が明確になったことには意味があろう。ただし、蔵帳で「大小共」とあることには注意しなければならない。本来冊子である春日本（春日懐紙）は、先述のように同じ大きさに裁断されている。それらに「大小」はあり得ないはずだからである。すると、蔵帳の言う二二六枚の中に春日懐紙以外の和歌懐紙が含まれていることになる。その候補としてまず挙げられるのは、裏が仏典である一連の和歌懐紙である。先の4に挙げた墨跡研究会編『春日懐紙』の序文で、田山方南氏は、三七枚の懐紙の中に、あきらかに春日懐紙とは異質の、紙背が仏典の和歌懐紙が五枚（実際は六枚）存することを指摘している。永島福太郎氏の当時の調査メモによれば、これらの懐紙も他の懐紙と一括保存されていたことが知られる。蔵帳の二二六枚にも含まれていた可能性は高い。これらの懐紙は、紙背に仏典が書写された後は、巻子本に仕立てられていたと考えられ、懐紙の横の長さが春日懐紙より長いものが見られる。たとえば、墨跡研究会編本所収の亮承「落花」懐紙と同題の懐紙が存する行海の

「納涼」懐紙（北村美術館蔵、裏は他と同様仏典）は、横が四七㎝ある（春日懐紙は横四二㎝程度）。これらは、他の春日懐紙とは大きさが異なると認識されていたことが考えられる。なお、この裏が仏典の和歌懐紙の一群は、一般に「奈良懐紙」と称され、現在二〇枚ほど確認される。とすれば、前田家に収蔵されていた春日懐紙自体の数は、蔵帳の二二六枚からさらに減ずることになる。

春日本の残る例

春日懐紙の残存量は約一六〇枚、しかし、そのうち、春日本がきれいに残る例は二三枚しかない。先述のように、万葉集面を除去するため、相剝ぎがなされたからである。だが、多くの懐紙裏が相剝ぎされているのに、一部とは言え、万葉集面がきれいに残ったのはどうしてであろうか。

春日懐紙作者には、懐紙作成当時の身分がわかる人物とそうでない人物がいる。先ほどから何度も登場する縁弁などは、僧侶であることはわかるが、じつは、どの寺に属するかわかっていないし、身分も不明である。ただ、春日懐紙作者には当時の奈良の寺院の高僧の名はない（先掲墨跡研究会編『春日懐紙』解説、永島福太郎）。一方、中臣、大中臣を名乗る人物は、それぞれ春日若宮社、春日社の神官の家のものであることがわかる。その一人、当時春日若宮社神主であった祐定の懐紙は、その目録によれば、一四枚が登録されている。そのうち、現存が確認されるのが一一枚、最低限写真資料で懐紙面が確認できるものが一〇枚ある。ところが、このうち一枚も万葉集面が残る事例がない。春日懐紙裏には、場合によって、完全ではないものの、比較的万葉集面が残るものもある（先掲中臣祐方「草花」懐紙など）が、祐定懐紙には、そのように比較的残る事例さえない。また、大中臣親泰は当時春日社の神主であったことが知られるが、残る一三枚のうち、こちらも万葉集面が顕著に残る事例は皆無である。一方、中臣祐方は一四枚中三枚、中臣祐有は一六枚中三枚が万葉集が完全に残る例となっている。この差は何に由来するのであろうか。図32は中臣祐有「早鶯趁竹」（石川県立歴史博物館）の裏の万葉集面の一部である。これをさらに拡大したものが図33である。これは透過光写真である。「身易滅」のあたりの紙質が極端に薄くなっているのがわかる。しかし、この場合、先の祐方「草花」懐紙（図22）のように、相剝ぎによって薄くなっているのではない。なにしろ、懐紙面も万葉集面もきれいに残っているのだから。おそらく、和歌懐紙として使用した時点ですでに紙質が薄かったためと考えられる。つまり、本来、漉きむらなどがあり、紙の厚さが十分に保たれていない紙だったと考えられる。紙質自体が粗悪なものであったのであろう。そのため、相剝ぎを試みてもかなわず、結果として万葉集面が残ったと推測される。

万葉集面が残る事例の多い中臣祐方、中臣祐有は、ともに中臣祐定の子息である。祐方は、後に祐定を継いで春日若宮社の神主になるが、春日懐紙の時代は、神主は父の祐定で、当時は弟祐有とともに若輩者であったと考えられる。一方、中臣祐定、大中臣親泰は、当時の神主である。この身分の差が、紙質に反映したということではないか。和歌懐紙は、歌会に自分の歌を書いて持参するものゆえ、参加者によって使用する懐紙の紙質が異なり、紙質の良い懐紙は相剥ぎがしやすく、紙質の悪い懐紙は相剥ぎがしにくかったという皮肉なことが生じたと考えられる。

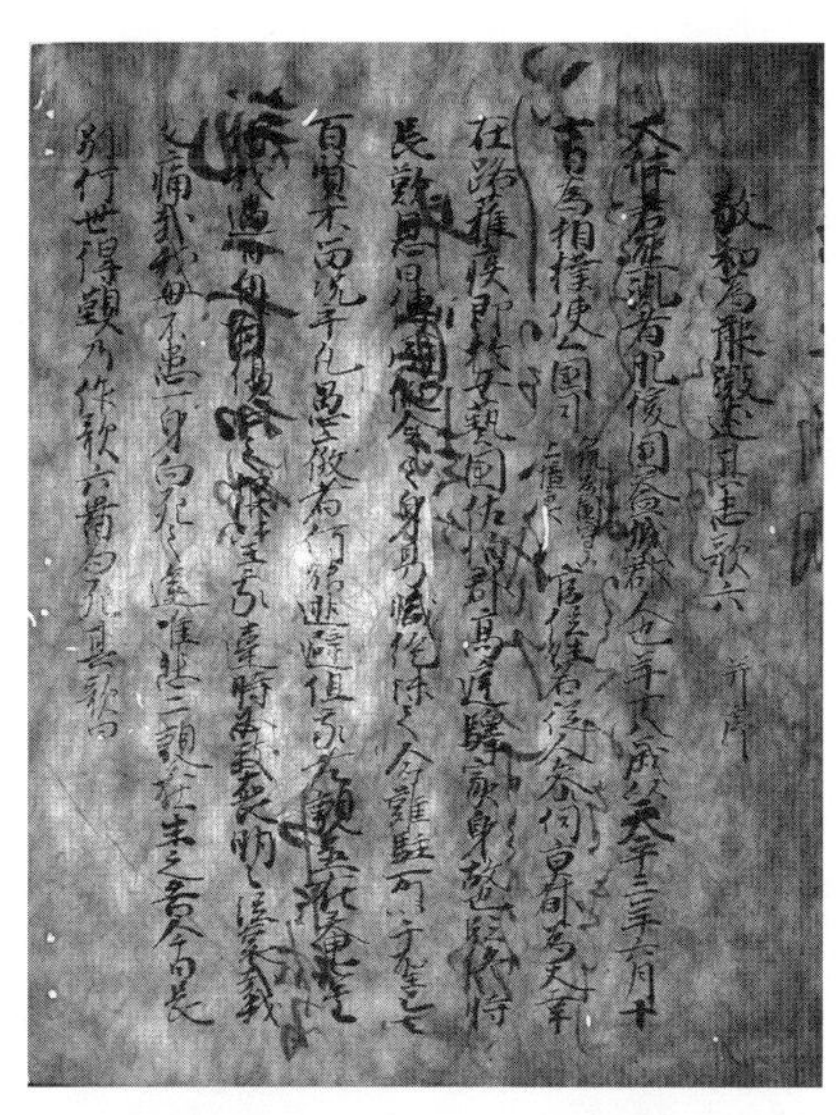

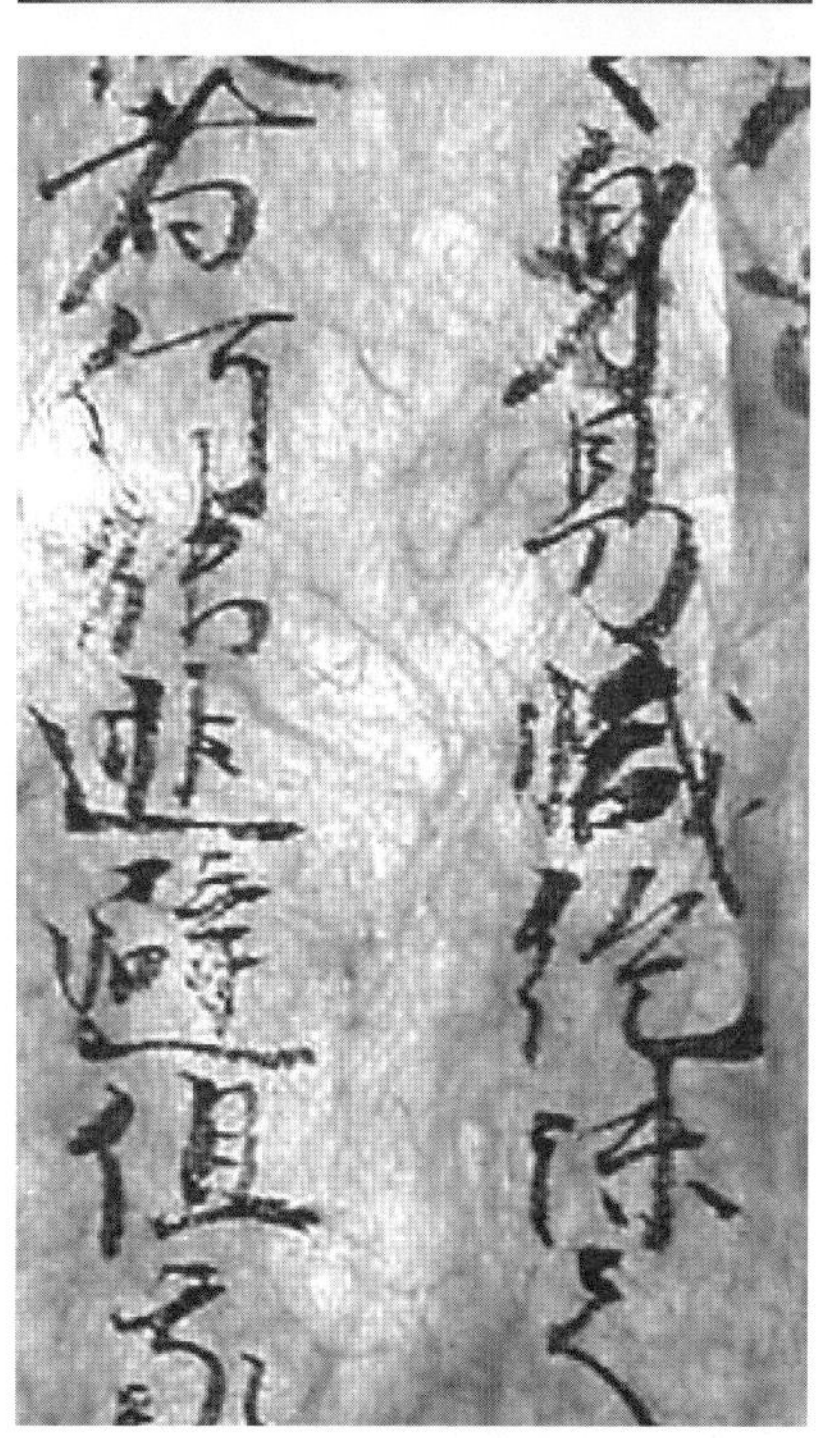

上：図32　春日懐紙　中臣祐有「早鶯趁竹」裏（石川県立歴史博物館）
下：図33　上図の部分拡大

ちなみに、春日本が完全に残る例の裏の懐紙作者は次のとおりである。

中臣祐有　三枚
中臣祐方　三枚
明算　三枚
大中臣泰尚　三枚
大中臣時助　一枚
学詮　一枚
素俊　一枚
憲清　一枚
懐紙面不明　七枚

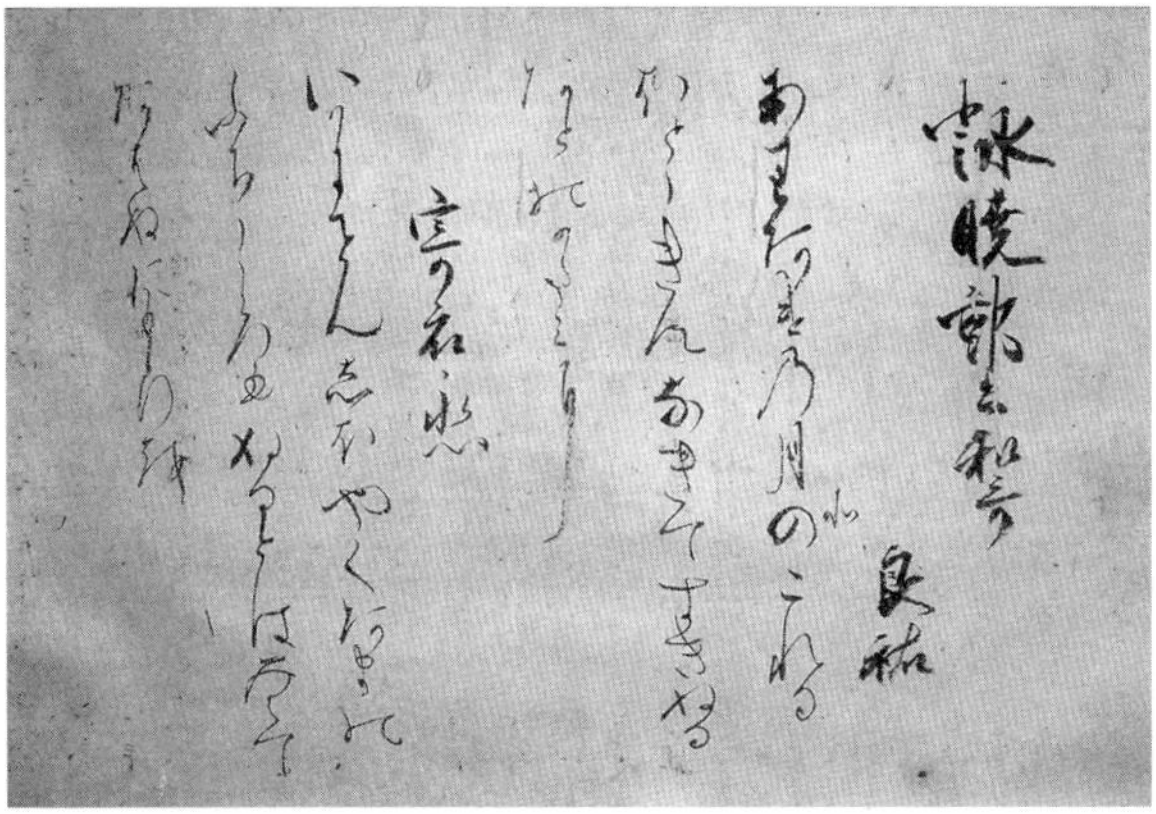

図34　奈良懐紙　良祐「暁郭公」（北村美術館）

四▶春日懐紙の範囲

奈良懐紙

前章で述べたとおり、加賀前田家では、春日懐紙は裏が仏典のいわゆる奈良懐紙と一緒に保管されていた。これらは、裏に書写された仏典（『良賁述仁王護国般若波羅蜜多経疏』）が同じであること、和歌懐紙面の歌題に共通点があることなどから一連の資料であることがわかる。たとえば、墨跡研究会本所収の亮承「落花・款冬」の同題懐紙が了覚懐紙（永島福太郎氏画像資料）にあり、その了覚懐紙の墨映には、英算「暁郭公・寄衣恋」が映っている。その英算懐紙の現物は、MIHO MUSEUM所蔵で、同題に良祐懐紙（北村美術館蔵、図34）があるという具合である。しかし、これらの一群の和歌懐紙と春日懐紙とは、歌題や懐紙作者が一致せず、まったく別資料と判断される。ただ、裏表に書写された古い和歌懐紙の資料として、前田家が一括管理していたことを重視すれば、これらの奈良懐紙も、春日懐紙関連資料と位置づけることは可能であろう。

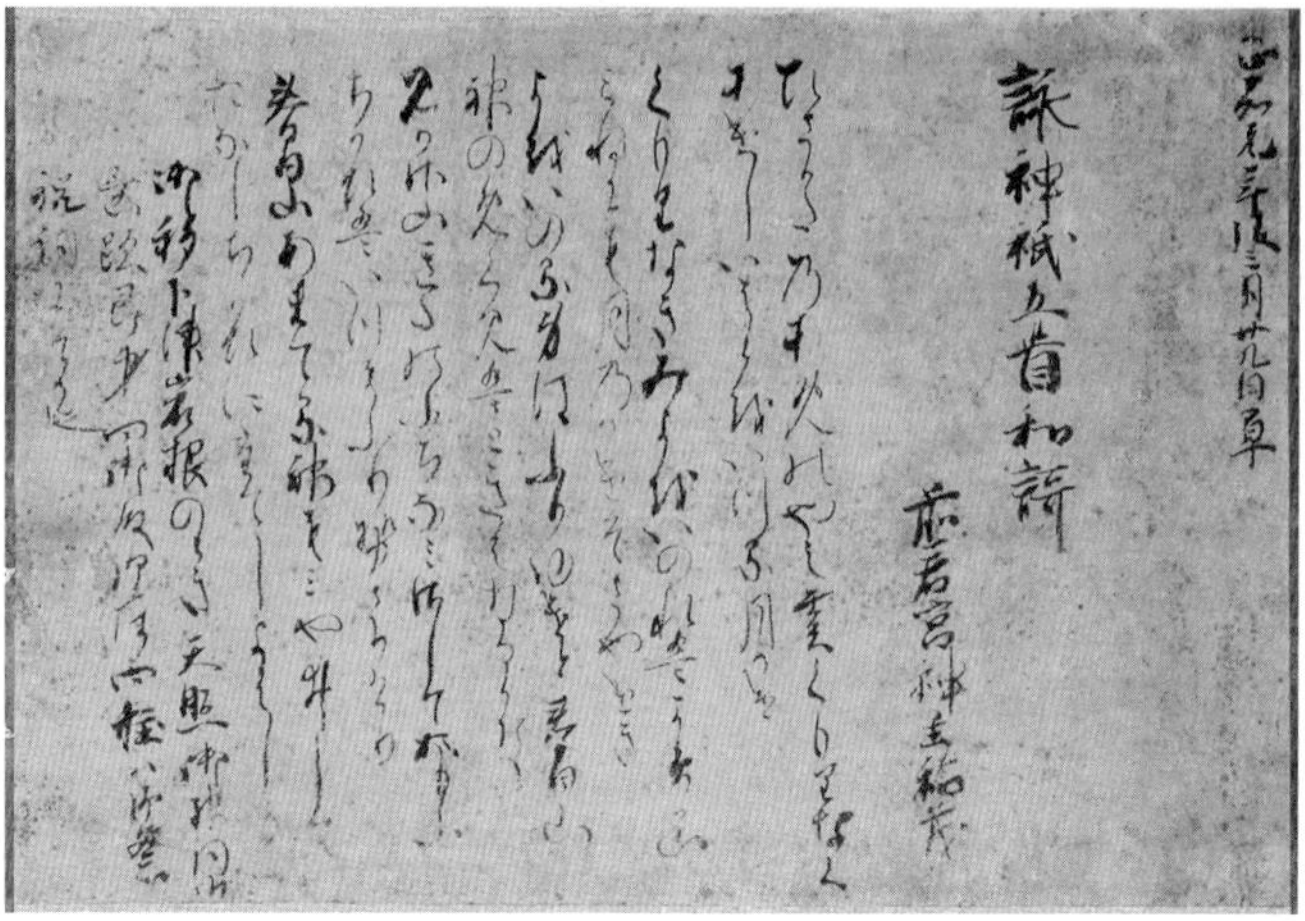

図35　中臣祐茂（祐定）和歌懐紙

春日懐紙作者の別の和歌懐紙

春日懐紙は、奈良の春日社関係の歌会の和歌懐紙の紙背が万葉集（春日本）書写の料紙に用いられた場合にのみ使われる名称であるが、一方で、数は少ないものの、春日懐紙作者には、それ以外の場合の和歌懐紙も見られる。図35は、春日本書写者の中臣祐茂（祐定）の和歌懐紙である（某家蔵）。

懐紙の年次は正嘉元年（一二五七）、祐定はちょうどこの年に春日若宮社の神主を退いているが、懐紙に「前若宮神主」と署名しているので、確実に祐定が神主を退いたあとのものと考えられる。しかも、祐茂と改名した後である。したがって、この和歌懐紙は春日懐紙とは言えない。他にも、春日懐紙作者である中臣祐方の、春日懐紙以外の和歌懐紙が知られている（「霞・鶯・春恋」題懐紙、署名は「兵庫助祐賢」、奈良国立博物館蔵）。

中臣祐春懐紙

また、祐方の嫡男である祐春の懐紙も、墨跡研究会本の一枚として含まれている（図36、「水辺蛍」懐紙▲）し、それ以外にもさらに一枚の存在が認められる（某家

「水辺蛍」懐紙　紙背は、私撰和歌集『庭林集』（久保木秀夫『中古中世散佚歌集研究』第二章第四節、青簡舎、平成二一年）。

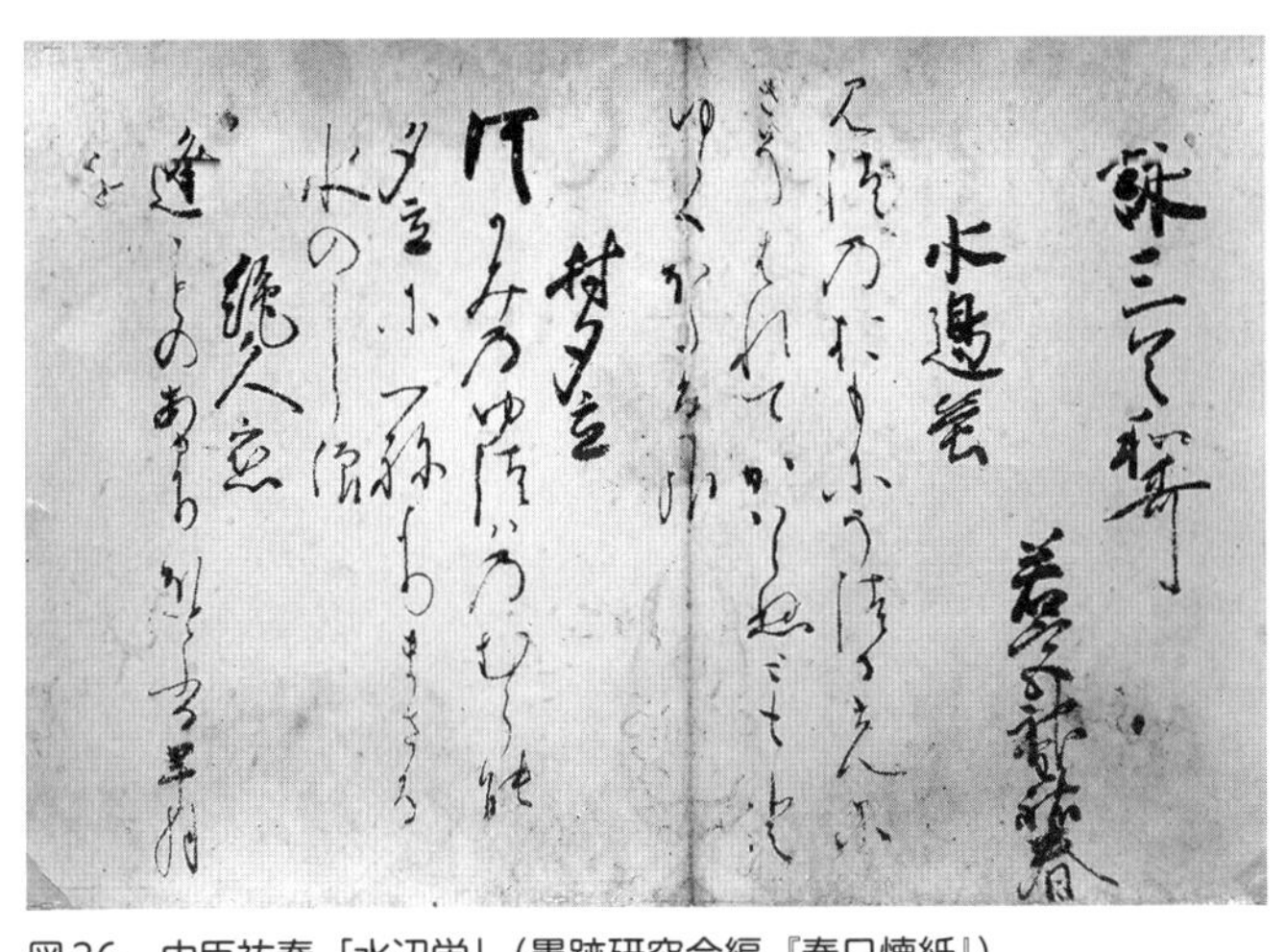

図36　中臣祐春「水辺蛍」（墨跡研究会編『春日懐紙』）

蔵「月前虫」）。祐春は、祐定の孫にあたり、祐方の次の春日若宮社の神主である。また、よく知られているように、古筆切として流布する春日懐紙、春日本の伝称筆者にはなべてこの祐春があてられている（「五　裏表が別々に残る例」参照）。古筆の世界では、祐春は、春日懐紙を象徴する人物といってよい。しかし、実際のところ、その和歌懐紙は春日懐紙には当然該当しない。

春日懐紙関係資料

以上のような和歌懐紙資料は、厳密な意味では春日懐紙とは言えず、いったんは春日懐紙とは区別すべきであると言えよう。ただし、これらの和歌懐紙は、その多くが春日懐紙とともに保存されており、そうであることが確認できない資料でも、一三世紀の奈良春日社関係の和歌資料としてまとめることができる。かつ、春日懐紙以外の春日社関係の和歌懐紙の数はさほど多くはない点も考慮に入れると、以上の資料を広義の意味で「春日懐紙関係資料」とまとめておくことには、一定以上の意義があると考えられる。

五▼裏表が別々に残る例

相剝ぎのもう一方の行方

春日懐紙・春日本の多くが相剝ぎされていることは再三述べてきた。当然のことながら、相剝ぎされれば、表と裏の二枚になると考えられる。しかし、春日懐紙において、その剝がされた表と裏とがともに残る事例はきわめて稀である。現在約一六〇枚の春日懐紙の存在が知られているけれども、その多くは懐紙として残り、万葉集面の方が残っているものはわずかである。これらのなかには、稀に相剝ぎされず、表裏両面が残されている例があるものの、相剝ぎされた懐紙面、万葉集面の双方が確認された例は皆無であった。懐紙面が残る例で万葉集面がないものはもちろん、万葉集面が残る事例においても、その裏側の懐紙面がわかる例もなかったのである。相剝ぎされたもう一方が見つからないのはなぜか、長年の謎であった。ところが、ある時、春日本の断簡を見る機会があり、それが、他でもない、表裏双方が確認できる初めての事例であることが判明した。

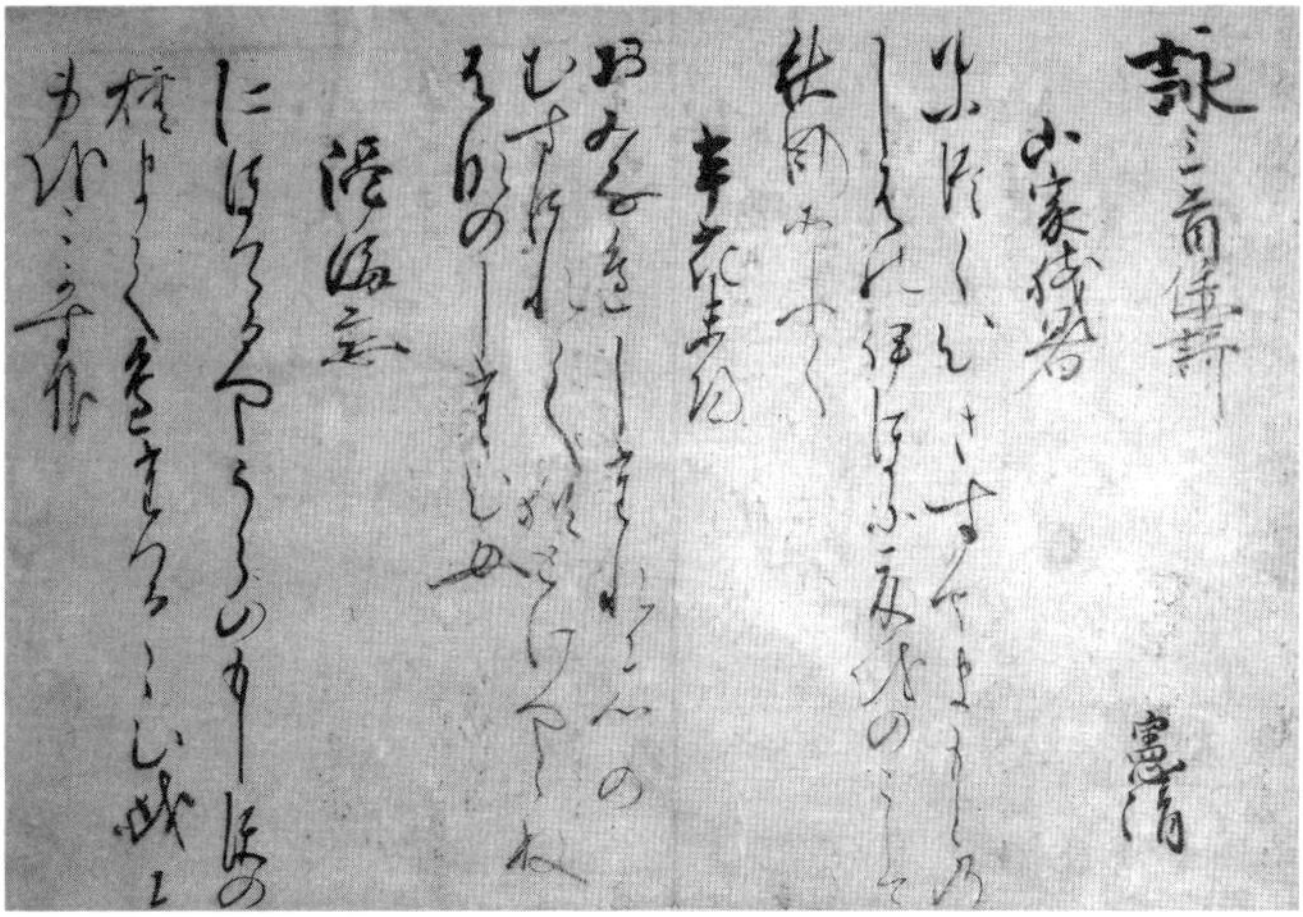

図37　春日懐紙　憲清「山家残暑」（根津美術館）

裏の判読が難しい春日懐紙

次に挙げるのは、根津美術館蔵の春日懐紙である（図37。縦二七・七㎝、横四一・八㎝）。作者は憲清。春日懐紙には約三二人ほどの作者が見られ、中には一人で一七枚もの懐紙が確認される中臣祐基のような例もあるが、この作者の懐紙は、これ以外には確認されない。懐紙の題は、「山家残暑」「草花未遍」「隔海恋」の三題。この「山家残暑」を第一歌題とする懐紙は、比較的残存数が多い（後述）。

先述のように、春日懐紙の裏には必ず万葉集が存するのであるが、その多くは相剝ぎによって除去されている。とくに当面の憲清懐紙の裏は、反転して、画像処理を施しても、ほとんど読みとることはできない。これは、かなりきれいに相剝ぎが行われた結果と考えられる。筆者は、多くの春日懐紙裏の解読に努めてきた経験から、はっきり残っている文字が一字でも二字でもあれば、春日本万葉集における位置を特定できる可能性はあると常々主張している。が、当面の懐紙裏の残存状況は、きわめて厳しい。かろうじてわずかに残っている文字は、万葉集の歌本文、いわゆる漢字本文の方ではなくて、片仮名の訓の一部分にすぎない。このような場合には、万葉集のどこであるか、わからないことが多い。そこで、一度周辺の状況を固めてから、その上で改めて判読する必要がある。春日本の巻次や位置は、懐紙面のさまざまな情報からある程度推測が可能だからである。

懐紙題から万葉集の位置を推測

まず、懐紙の歌の題である。春日懐紙には同じ歌題を持つ懐紙が存する。和歌懐紙は、歌会に出席する際、あらかじめ設定されていた歌の題で詠んだ自らの歌を書いて持参するものであるから、同じ題の懐紙ということは、同じ歌会で使用されたものであると推測される。春日懐紙には四〇種類以上の歌題が見られる。このうちの同じ題の懐紙を集めてみると、それらが春日本のある特定の部分に集中することが多いことが知られる。

典型的なのは、「草花」で始まる五首題の懐紙である（草花・鴈・鹿・虫・月）。この題の懐紙は、現在八枚が知られ、万葉集の位置が判明しているものは七枚。これらがいずれも巻六の九〇七題詞から九七三題詞までの間（懐紙で言うと一〇枚分に相当）に収まっている▲（残りの三枚分は所在不明）。同じ題の懐紙裏が、すべてこのように春日本で隣り合っているというわけではないが（同じ題の懐紙裏が別の巻である事例も見られる）、懐紙題が裏の春日本の位置特定についてひとつの手が

万葉集の位置が判明しているもの
田中大士「春日懐紙「遠山雪」題の新出資料」（『文化史史料考證』、平成二六年）。

「山家残暑」懐紙　田中大士「春日懐紙祐定目録の解析」（『汲古』第四七号、平成一七年六月）。

かりになることは確かであろう。当面の「山家残暑」を第一歌題とする懐紙は、やはり比較的裏面を予測しやすい題である。今扱っている憲清懐紙を除けば、同題の懐紙は一〇枚。裏が判明しているものは六枚。そのうち巻十が二枚、巻二十が四枚となっている。巻十の場合、春日本であった時点で紙の上部に特徴的な汚れが生じているため、特定が容易である。それが見られない憲清懐紙はおそらく巻二十の方であろうと推測される。裏が巻二十である「山家残暑」懐紙は、巻二十の中でもある特定の部分に集中している。次のとおりである。

＊①以前懐紙六枚分、判明する懐紙題は四枚すべて「向泉待友」。
〇付きの数字は「山家残暑」題以外の懐紙。

① 「向泉待友」中臣祐有　四三四〇左注～四三四八
2 「山家残暑」大中臣親泰　四三四八左注～四三五七
3 不明
4 不明
5 「山家残暑」学乗　四三七二～四三七八左注
6 不明
7 「山家残暑」大中臣泰尚　四三九六～四四〇〇左注

8　「山家残暑」中臣祐方　　四四〇一～四四〇八題詞
⑨　不明
⑩　「雪中待友」中臣祐有　　四四〇九～四四一九

①の中臣祐有「向泉待友」の懐紙裏の前の部分は、わかっている限りずっと同じ「向泉待友」題の懐紙が続いている。そして、2の親泰「山家残暑」題の後は、今度はしばらく「山家残暑」題の懐紙が続く。

このような現象は、春日本にはしばしば見られる。これは、春日本の書写者である中臣祐定の手元に保存されていた和歌懐紙が同じ題ごとにまとめられており、書写の時には、それを順に使っていった結果であると考えられる。したがって、当該の憲清「山家残暑」懐紙の裏も、この周辺のどこか、おそらくは、3、4、6などの位置にあると推測される。

墨映から万葉集の位置を推測

裏の春日本の位置を推定する手がかりがもう一つある。それが墨映である。春日懐紙には、懐紙の表面に他の懐紙が鏡文字で映っている現象がしばしば見られる。当面の憲清の懐紙にもあきらかに鏡文字で他の懐紙が映っている。春日懐紙では、この墨映は、多くの場合、同じ題の懐紙が映っていることが多く、春日本でいうと、隣り合った部分同士が映っている場合が多い。これは、先ほど、祐定の手元にあった懐紙群はおおむね同じ題の懐紙ごとにまとめられていたと推定したが、右のような処置が行われる時にも、ほぼその順序のままに二枚一組にされて、さらには、そのままの順序で春日本の書写が行われたことを意味すると考えられる。墨映の存在を世に知らしめた福島金治氏などの研究（九頁参照）によれば、金沢文庫の墨映は、元の書状の順序は紙背に書写された書物を基準にすると完全にばらばらになっていると報告されている。これは、元の書状が比較的大規模な工房のようなところで、完全に単なる書写の紙として扱われていたためと考えられる。一方、春日本の場合、祐定の手元にあった和歌懐紙をそっくりそのまま万葉集書写に用いたという個人的な営為であったため、懐紙の保存状況が比較的忠実に春日本の裏に反映していると考えられる。

では、当面の懐紙の墨映には何が映っているのか。墨映は鏡文字で映っているので、解読のためには反転する必要がある。墨映の場合、懐紙全体がほぼ完全に映り込んでいる場合も稀にはあるが、大概は一部が映っているにすぎないことの方が多い。この場合も、全体を漫然と見ているだけでは、同定は難しい。図38・39は、墨映とその本体とおぼしき懐紙との比較写真である。

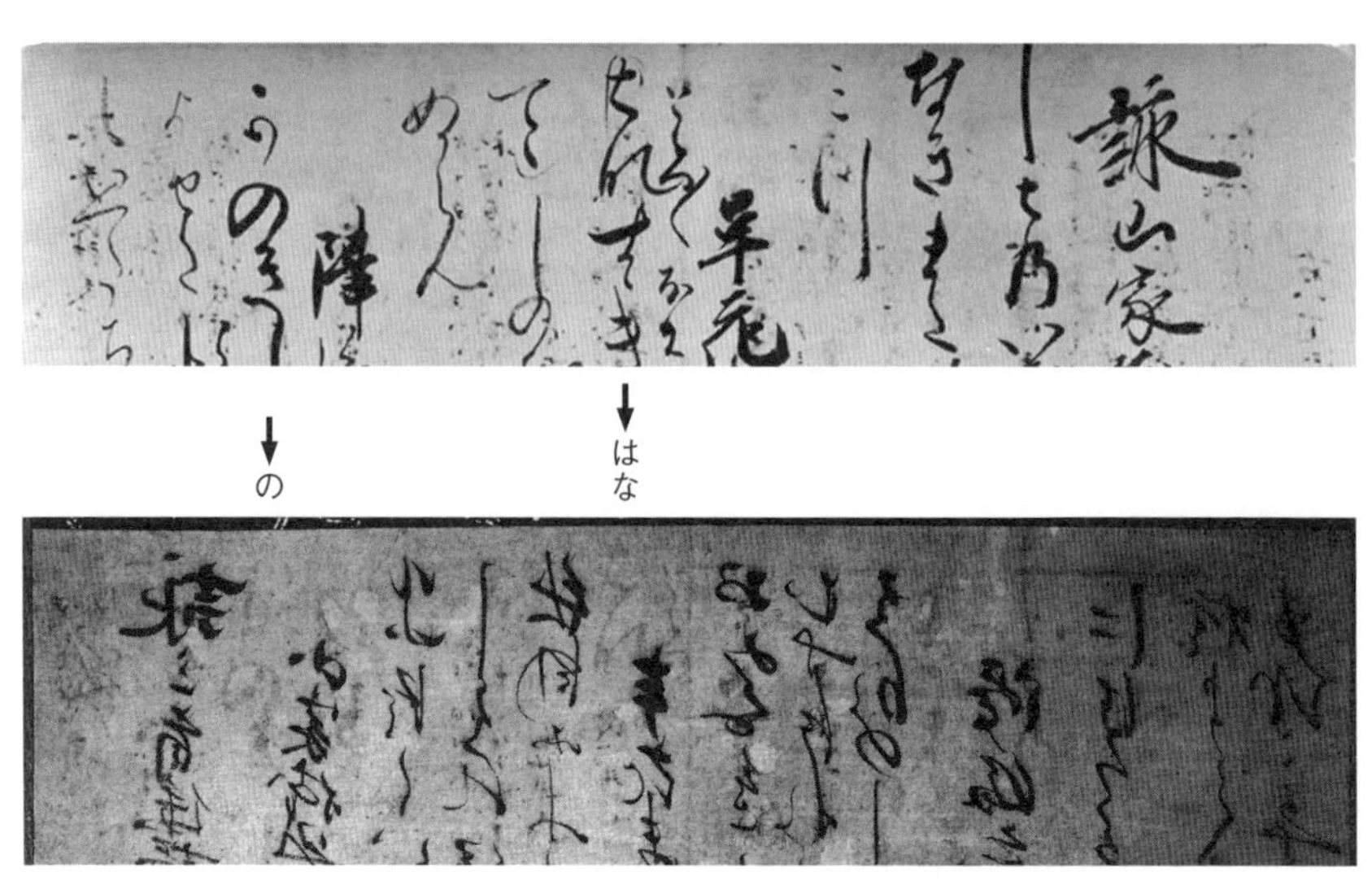

上：図38　春日懐紙　学乗「山家残暑」　下：図39　上図の墨映の反転

当該懐紙の墨映は、全体としては決して鮮明とは言えないが、上の部分には比較的はっきりした墨映が見える。これは、同じ題の学乗の懐紙の同じ部分と合致する。矢印を付した二箇所（「はな」「の」）はそれぞれ一字程度であるが、位置や字の様子があきらかに一致している。現存の春日懐紙は、先述のように一六〇枚くらい知られているが、それぞれに書き癖は異なり、ほんの一部分でも墨映が残っていれば、どの懐紙の墨映かということは特定が比較的容易である。当面の憲清懐紙には学乗の同題の懐紙が映っており、紙を平滑化する段階では二枚は一組であったと考えられる。すると、裏の万葉集も両者は隣り合っている可能性が出てくる。ならば、先の表によれば、学乗懐紙裏が5だから、憲清懐紙裏は、4か6ということになろう。

懐紙裏の位置の確定

そこまで限定できると、憲清懐紙のわずかな片仮名の訓が手がかりとして役に立ってくる。春日本は、冊子本一面九行、懐紙裏一枚で一八行。他の万葉集伝本との際だった違いは、春日

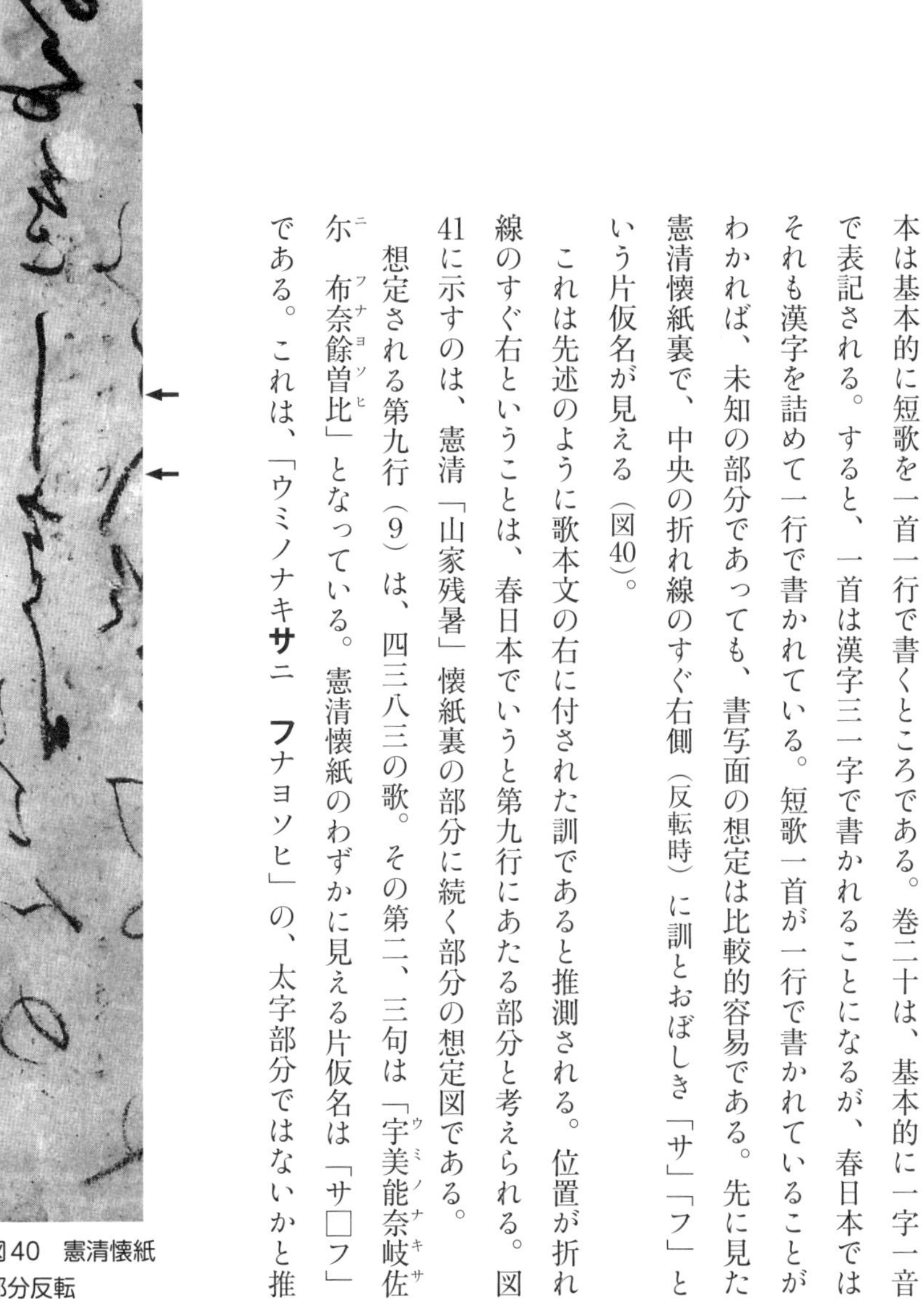

図40　憲清懐紙部分反転

本は基本的に短歌を一首一行で書くところである。巻二十は、基本的に一字一音で表記される。すると、一首は漢字三一字で書かれることになるが、春日本ではそれも漢字を詰めて一行で書かれている。短歌一首が一行で書かれていることがわかれば、未知の部分であっても、書写面の想定は比較的容易である。先に見た憲清懐紙裏で、中央の折れ線のすぐ右側（反転時）に訓とおぼしき「サ」「フ」という片仮名が見える（図40）。

これは先述のように歌本文の右に付された訓であると推測される。位置が折れ線のすぐ右ということは、春日本でいうと第九行にあたる部分と考えられる。図41に示すのは、憲清「山家残暑」懐紙裏の部分に続く部分の想定図である。

想定される第九行（9）は、四三八三の歌。その第二、三句は「宇美能奈岐佐（ウミノナキサ）尓（ニ）　布奈餘曽比（フナヨソヒ）」となっている。憲清懐紙のわずかに見える片仮名は「サ□フ」である。これは、「ウミノナキ**サ**ニ　**フ**ナヨソヒ」の、太字部分ではないかと推

1　四三七九　之良奈美乃　与曽流波麻倍尓　和可例奈婆　伊刀毛須倍奈美　夜多妣蘇弖布流
2　　　右一首足利郡上丁大舎人部祢麻呂
3　四三八〇　奈尓波刀乎（ナニハトヲ）　己岐涅弖美例婆（コキテテミレハ）　可美佐夫流（カミサフル）　伊古麻多可祢尓（イコマタカネニ）　久毛曽多奈妣久（クモソタナヒク）
4　　　右一首梁田郡上丁大田部三成
5　四三八一　久尓具尓乃　佐岐毛利都度比　布奈能里弖　和可流乎美礼婆　伊刀母須敝奈之
6　　　右一首河内郡上丁神麻續部嶋麻呂
7　四三八二　布多富我美　阿志氣比等奈里　阿多由麻比　和我須流等伎尓　佐伎母里尓佐須
8　　　右一首那須郡上丁大伴部廣成
9　四三八三　都乃久尓乃　宇美能奈岐佐（サ）尓　布（フ）奈餘曽比　多志涅毛等伎尓　阿母我米母我母

折れ線

図41　憲清懐紙裏想定図

定される。これによると、想定される歌と現在残る訓とは合致するように見える。ただし、判読できる仮名はたった二字にすぎない。偶然そう見えるだけかもしれないということは、常に考えておく必要があろう。そこで、第三句「フナヨソヒ」のフが本当にこの位置でよいのかを確認しておく。次は、同じような一字一音表記で当該部分の直前に位置し、比較的裏が見える学乗懐紙「山家残暑」裏のある一首（四三七三）と当該の部分とを同縮尺で比較したものである（図42）。

学乗懐紙裏に「第三句」と記した部分は歌の第三句の句頭部分である。憲清懐紙裏の「フ」は少し低いがほぼ同じ位置にある。つまり、第三句冒頭の第一字に相当する位置にあることが確認される。そこが確定すると、わずかな仮名が手掛かりではあるが、憲清懐紙裏は、巻二十の四三七九から四三八七までの部分ということになろう。すなわち、四七頁の表の6にあたると言えよう。

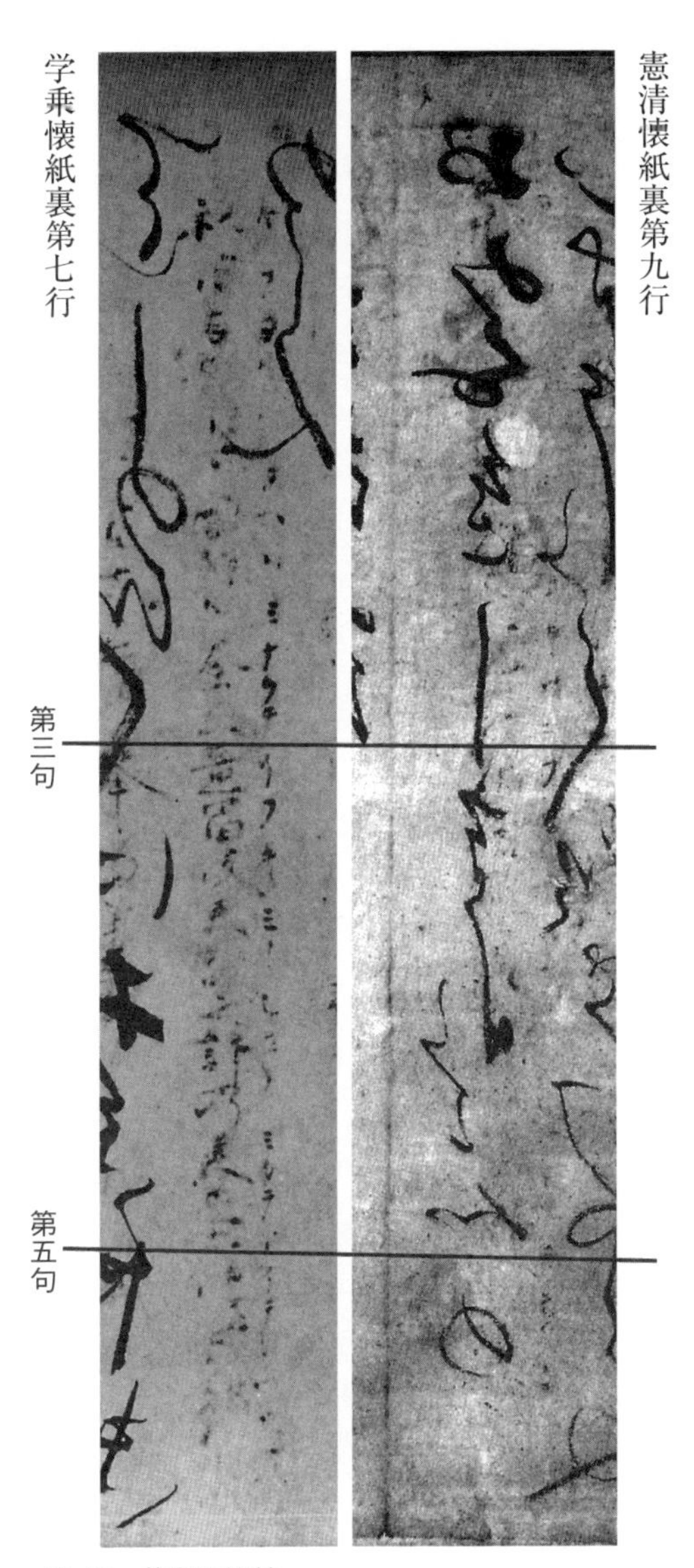

図42　位置の比較

憲清懐紙裏の春日本切

右のように、この懐紙の裏の位置の同定はできたものの、春日本万葉集としては、ほとんど本文が得られないのと同じである状況に違いはない。裏の万葉集は、他の春日懐紙と同様、相剝ぎによって、剝ぎ取られたとおぼしい。相剝ぎされた場合でも、万葉集の面がかなり残っている例も存するが、当面の懐紙裏の場合、万葉集の内容はほとんど見えない。しかも、第九行の「フ」という訓が見えている上の部分や右の部分には懐紙面の方に紙が薄くなっている部分が見える。これは、紙を二枚に剝ぐ際に、万葉集面にもある程度の厚みが残っていることを示唆していよう。

しかし、本章冒頭でも述べたように、現存する春日懐紙の中で、懐紙、万葉集両面が残っている事例はあるのに対して、同じ一枚から剝がされた懐紙面と万葉集面とが双方残っている事例は、管見の及ぶ限り一例も見出せていなかった。ところが、先頃、古筆収集家の坂田穏好氏から、春日本の切を提示された（図43。縦二五・三、横二一・三cm、字高二四・一cm、伝称筆者「春日社家祐春」）。それは、たった一行の春日本の断簡だが、巻二十の四三八〇の歌であった（現在国文学研究資料館に寄託）。

これは、先ほどの想定図で言うと、憲清懐紙裏の第三行にあたる部分と考えら

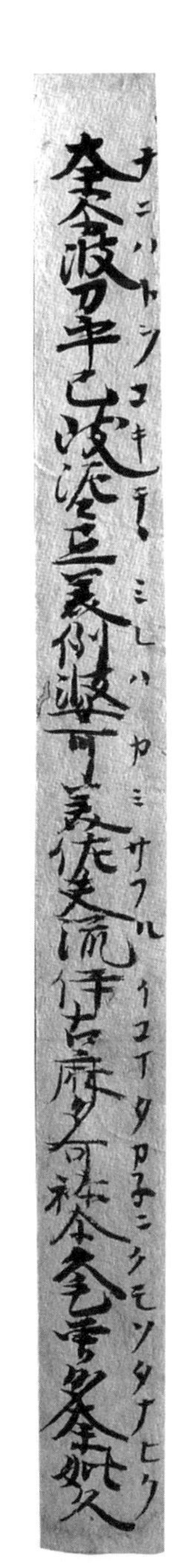

図43　春日本断簡

れる。つまり、この断簡出現は、懐紙面と万葉集面とに剝がされた双方の面が確認された初めての例ということになろう。この懐紙裏では、第一〜三行のあたりは、万葉集面の文字の残存がまったくといってよいほど認められないので、裏側に万葉集が完全に残っていることと矛盾しないと言えよう。

六 ▼ 確定した裏と表

憲清懐紙裏の新たな春日本切

前章は、平成二三年時点の段階の研究成果▲である。この時点では、憲清懐紙裏は、右のようなさまざまな傍証から推測せざるを得なかった。ところが、その後、この懐紙裏に相当する春日本の断簡が複数出現した。その中には、憲清懐紙の裏であることがはっきりわかる事例が含まれていた。この章では、新たな証拠により、裏表の関係がいっそう明確になった経緯を説明する。

その一枚が、次に示す断簡である（図44）。

これは、国文学研究資料館の青木睦氏の発見にかかる松江の大名の家老家所蔵の古筆手鑑（『古筆鑑』三谷権太夫家文書）に収められていた断簡である（極札「春日社家祐春」）。当時同僚であった同資料館の海野圭介氏の教示による。

春日本の巻二十、四三八二の左注と四三八三の歌である。これは、前章で、憲清懐紙裏の第八、九行にあたると推定された部分にあたる。この第九行（四三八三の歌）は、憲清懐紙に春日本の訓がわずかに残り、表裏の推定を行った、まさ

平成二三年時点の段階の研究成果
田中大士「春日懐紙の裏面の行方」（『和紙文化研究』第一九号、平成二三年）。

にその部分にあたる。前章での推定が正しければ、実物で検証が行えるはずである。次は、右の断簡のうちの四三八三（図44）と憲清懐紙の反転の当該部分（図45）とを並べたものである。

前章で述べた「ウミノナキサニ　フナヨソヒ」（・の部分）が実物の春日本と合致することが確認される。先の推測どおり、憲清懐紙裏は、四三八三を中心とする春日本の裏であることが確認された。

じつは、この春日本の断簡と憲清懐紙との結びつきは、これだけではない。図

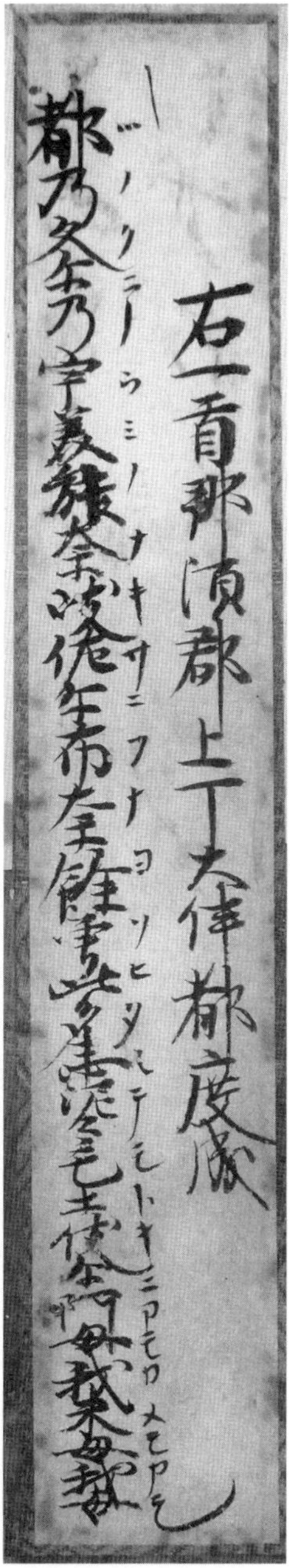

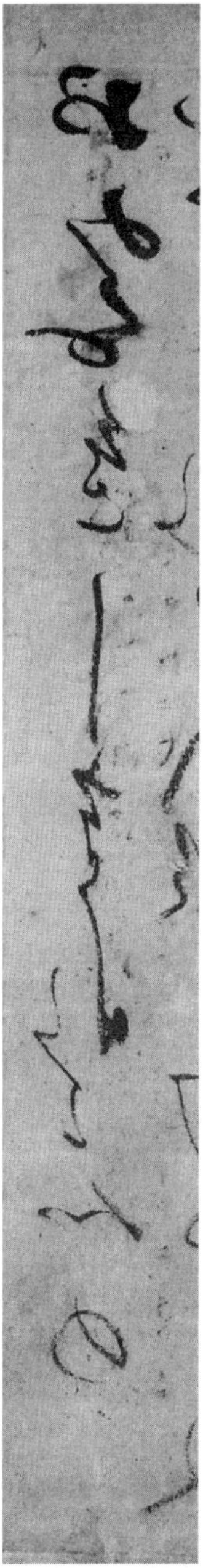

右：図44　古筆手鑑に収められていた断簡
左：図45　憲清懐紙反転

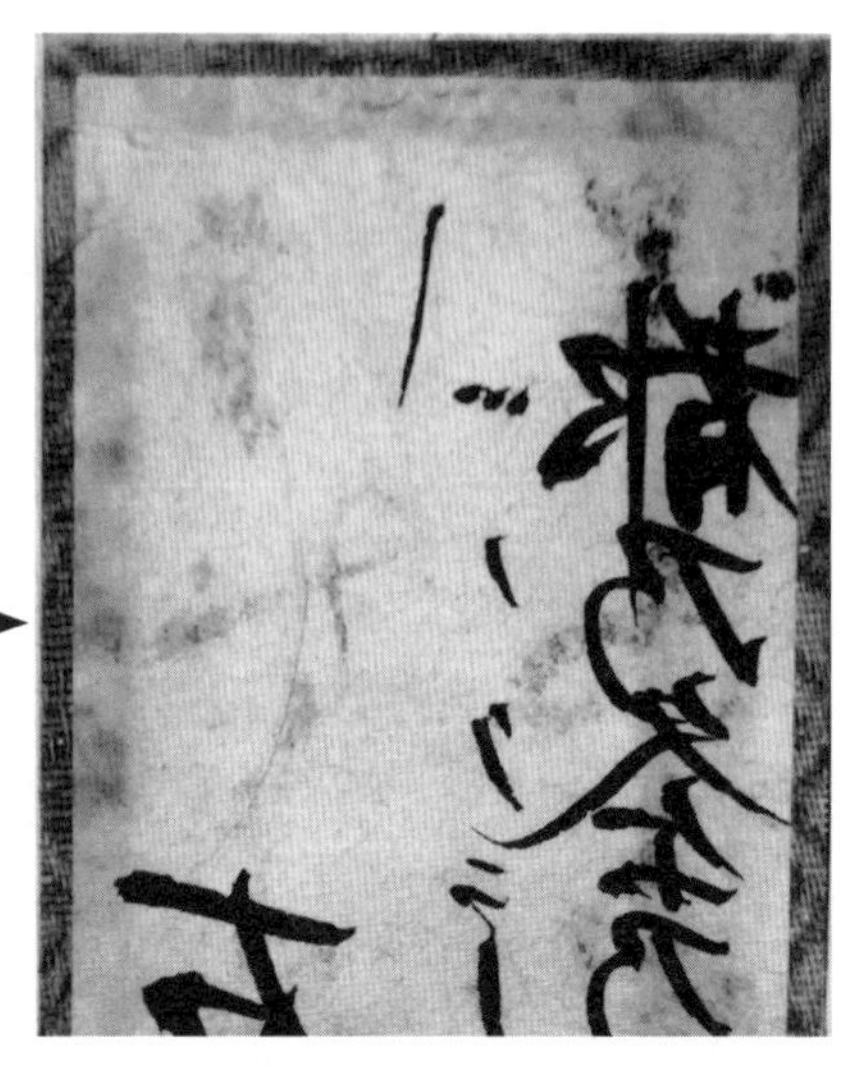

図46　第一句付近の反転

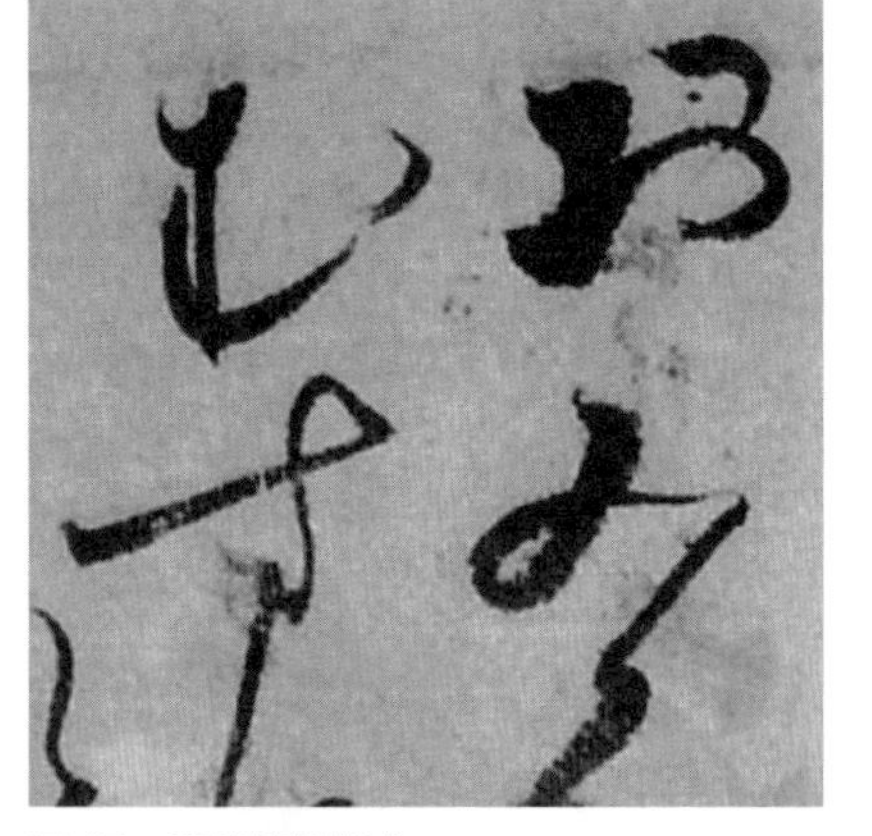
図47　憲清懐紙部分

46は、この断簡の第一句付近の反転画像である。そして、その下が、その裏とおぼしき懐紙面の画像である（図47）。ここには、懐紙第二首の第一行上の「おみ」の「み」の左半分（←1）、第二行の「むすほれて」の「む」の左半分、「す」の全体が看取できる（→2）。つまり、春日本と和歌懐紙とで文字が照応できたということである。これは、当該切春日本断簡が、憲清懐紙裏に存していたことの、まさに動かぬ証拠である。

このように憲清懐紙裏にあたる春日本の断簡が二首分現れ、しかも、いずれもかなり状態が良いことから、当該懐紙においては、懐紙面と万葉集面との相剝ぎがうまくいっている稀な例であったことがうかがえる。ならば、この懐紙の裏の他の万葉集面の部分が断簡として出現することが期待される。

さらに新たな春日本切出現

果たして、予想どおりとなった。近年、佐々木孝浩氏（慶應義塾大学附属研究所斯道文庫教授）が入手された春日本切（図48、伝称筆者「春日社家祐春」）は次のとおりである。

四三八一の左注と四三八二の歌の部分である。先ほどの『古筆鑑』所収切の直前にあたる。これら三首分の断簡を憲清懐紙裏の想定図とともに示せば、次のとおりとなる（図49）。

偶然現れた憲清懐紙裏の計五行分は、いずれもきわめてきれいに残っており、この万葉集面の少なくとも右半分全体がうまく相剝ぎされているものと推定でき

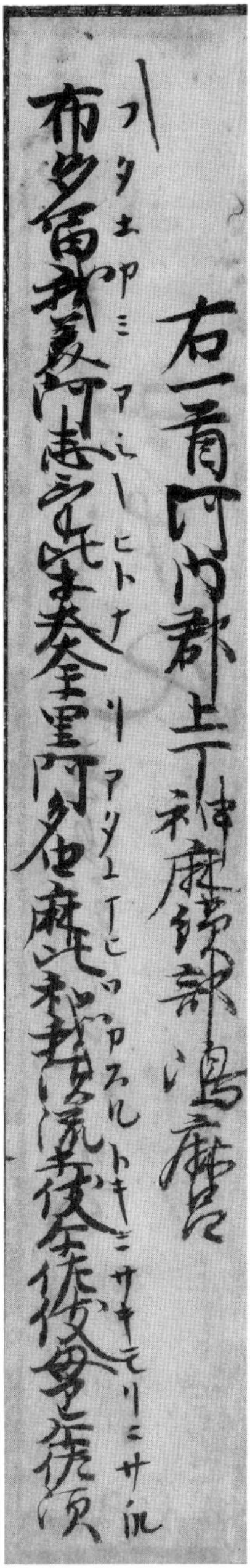

右一首河内郡上丁神麻続部嶋麻呂

布多富我美阿志氣比等奈里阿多由麻比和我須流等伎尓佐歴布佐倍奈

フタホカミアシヽヒトナリアタユマヒワカスルトキニサキモリニサル

図48　春日本切（佐々木孝浩氏）

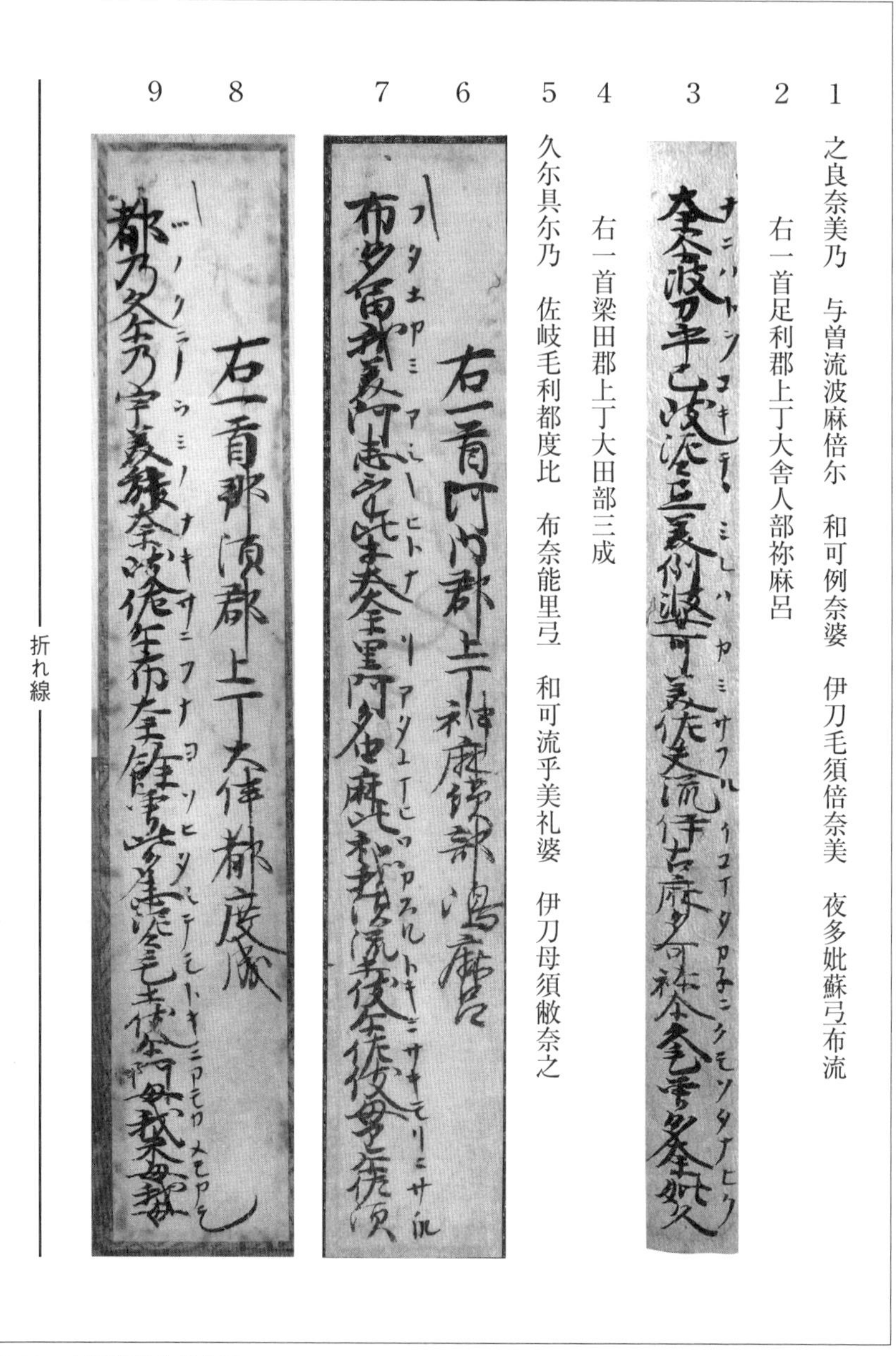

図49　憲清懐紙裏想定図

防人歌　万葉集巻二十に収められている防人の歌。防人は、万葉集時代に東国から赴き、北九州の防備に当たった兵士。

る。ならば、残りの四行分も出現する可能性が高いということになろう。

最後に、春日本のあり方について言及すると、この部分は、防人歌▲で一字一音表記であるが、出現した三首はいずれも一首一行で書かれている。先述のとおり、春日本は一首一行書きが原則であるにしても、春日本の縦の寸法は約二八cm、字を書く空界に至っては二四cmにすぎない。その間に三一字の漢字を書き入れることは簡単ではないと考えられる。次は、四三八三（第九行）の第三〜四句の拡大写真（図50）であるが、狭いスペースにまさに漢字を押し込んでいる様がうかがえる。

縦三二cmと万葉集伝本として他にぬきんでて大きい判型の西本願寺本（ただし、字高は春日本とほぼ同じくらいの約二四cm）でも、このあたりの防人歌はほぼ二〇字で行替えを行って二行書きにしていることを考えると、春日本の書きぶりが際立っていよう。

図50　4383歌部分拡大

七 作者を欠いた春日懐紙

春日懐紙は、熊野懐紙などと異なり、和歌史の上で著名な歌人はほとんどいない。勅撰集歌人は、素俊、中臣祐定を数えるにすぎない。しかし、一方で、奈良時代の春日社周辺の歌人たちの自筆の和歌懐紙という点に大きな意義が見出されている。述べ来ったように、春日懐紙の大部分は、前田家によって作者別に保管されており、また、万葉集面より、懐紙面が重要視されてきたので、誰の懐紙であるかという点については、不明な点がきわめて少ない。しかし、ほんの一部ではあるが、春日懐紙が古筆切として世上に流出した場合がある。それらには、懐紙の署名部分が切られて、誰の懐紙かわからなくなっているものも見られる。本書の付けたりとして、古筆切として世上に流出し、なおかつ作者がわからなくなった事例を三つほど取り上げ、作者を考証してゆく。

伝助泰筆「寄猿恋」懐紙・伝祐定筆「早鶯趁竹」懐紙

田中塊堂「春日懐紙の研究」▲でいくつかの春日懐紙の断簡が紹介されている。この記事と前田家保存の春日懐紙とをつきあわせることによって、前田家以外に

▲田中塊堂「春日懐紙の研究」『日本美術工芸』第一四三号、昭和二五年。

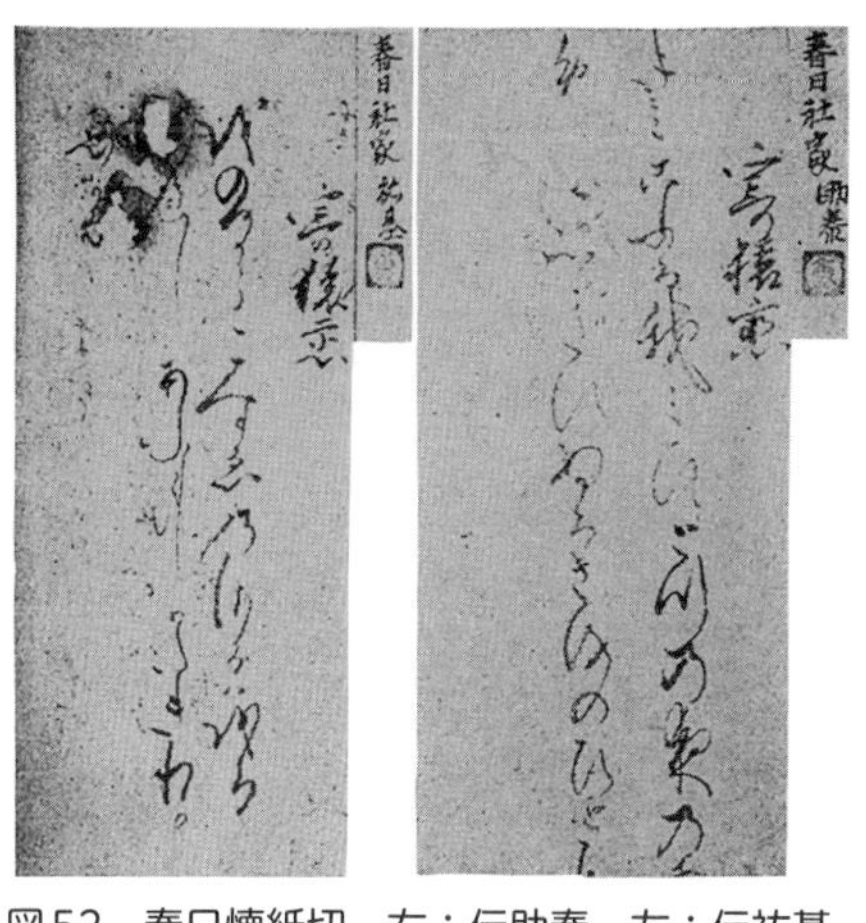
図52　春日懐紙切　右：伝助泰　左：伝祐基

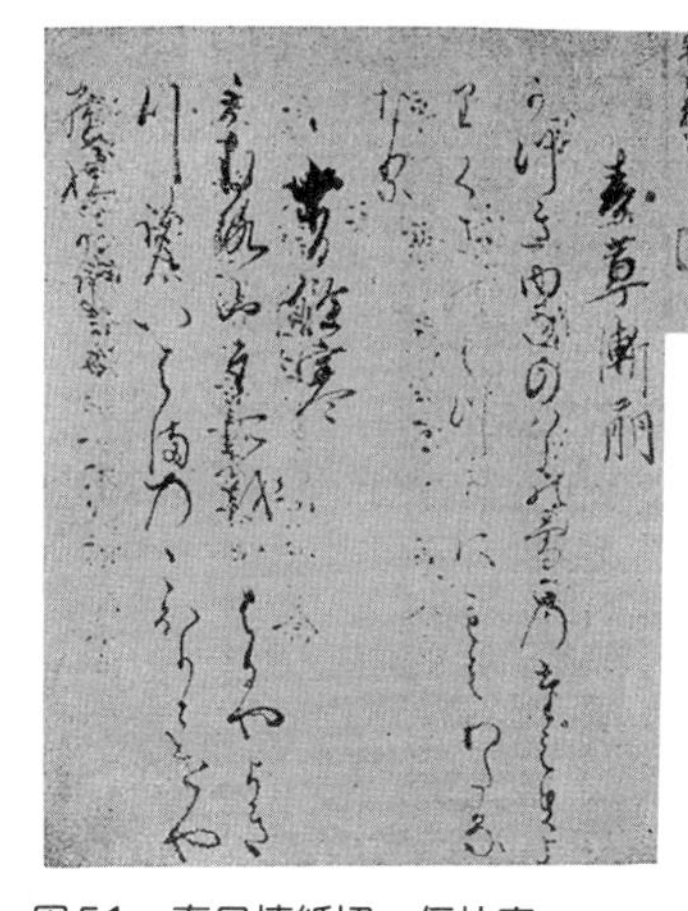
図51　春日懐紙切　伝祐定

保存されていた春日懐紙の伝来の事情がいささかなりと明らかにできると考えられる。

田中塊堂論文で紹介された春日懐紙切は、次の三枚である（図51・52）。

叙述の都合上、最初の切を伝祐定切、二番目を伝助泰切、三番目を伝祐基切と呼ぶこととする。このうち、他資料とつきあわせて、作者が確定できる伝祐定切と伝助泰切を取り上げる。

最初に取り上げるのは、二番目の伝助泰切である。この切の「寄猿恋」という題は、春日懐紙の「深夜雪・河冬月・寄猿恋」という三首題の第三歌題として見られる。したがって、当該切は、懐紙の左端を切ったものと考えられる。ところが、別にこの三首題の前の二つの題が残る切が存する。次のとおりである（図53、縦二七・一、横二四・一㎝）。

これは、慶應義塾大学附属研究所斯道文庫蔵（センチュリーミュージアム旧蔵）の春日懐紙の切である。署名、歌題に加え、「河冬月」のところに折れ線が見えること、紙背の文字が鏡文字で見えることなどから、春日懐紙であることは明白である。この懐紙切には極め札はない。この切と先の伝助泰切とを並べると図54のようになる。

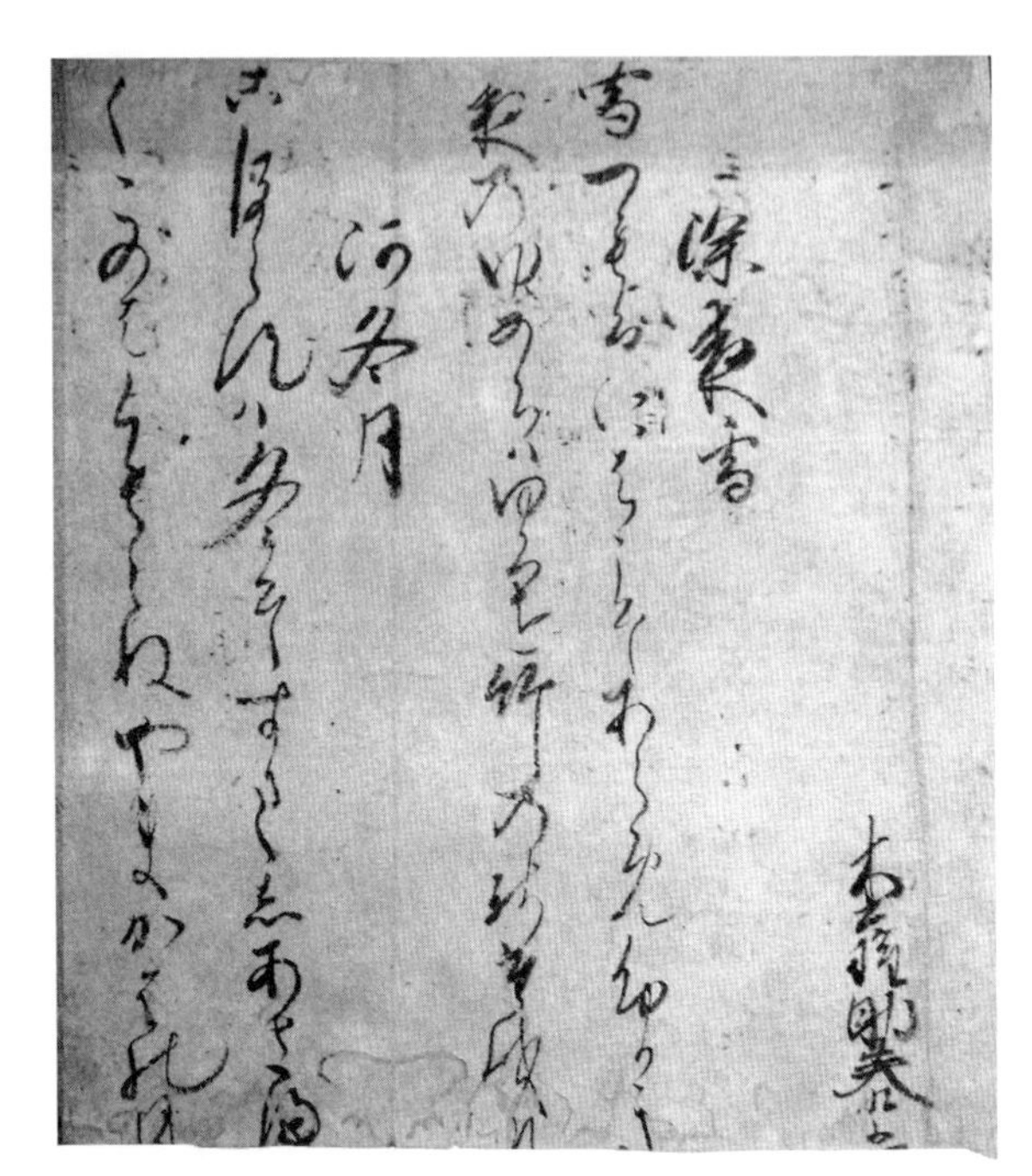

図53　春日懐紙　大中臣泰尚「深夜雪・河冬月」

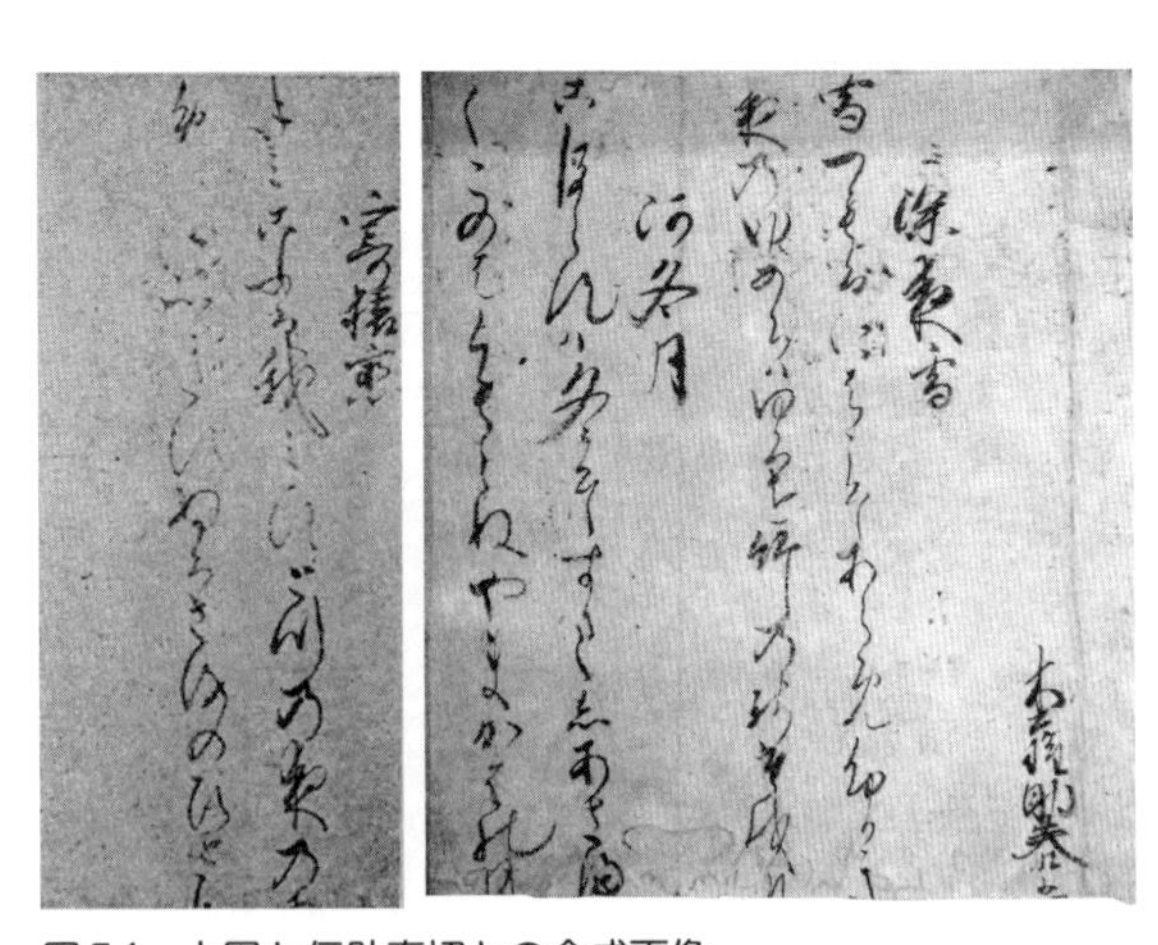

図54　上図と伝助泰切との合成画像

伝助泰切の方は写真でしか知られないため、寸法は不明である。したがって、右の写真では仮に斯道文庫蔵の切の縦の寸法に合わせている。すると、二枚の歌題と歌の高さがきれいに合致する。しかも、左右の切の筆跡は、たとえば「夜乃」（第一首二行目上・第三首一行目下）の部分などたいへんよく似ている。二枚で一連の三首題になることも考慮すると、これらが本来一枚の懐紙であったことを思わせる。しかし、これらが本来ツレであったことを最も雄弁に語るのは、伝助泰切の方の極め札の存在であろう。極め札には、「春日社家助泰」とある。

すなわち、春日社の関係者である「助泰」の懐紙であるという極めである。ただし、春日懐紙は、現存するうち、筆者は三二人。そこに「助泰」という歌人名は見られない。では、実際に署名が存する斯道文庫蔵の切の方はどうなっているかというと、春日懐紙では必ず見られる「詠〇首和歌」という総題の部分は切られているが、署名部分には「木工権助泰」とある。この署名は、「木工権助」までが官職名であり、「泰」は、「泰尚」の一部である（次の「尚」の字の一部が「泰」の下にかすかに見られる）。この作者は大中臣泰尚。春日懐紙作者のうち、中臣姓は春日若宮社の関係者であり、大中臣姓は春日社の関係者と考えられる（墨跡研究会編『春日懐紙』、昭和三九年、永島福太郎解説）。つまり、大中臣泰尚は、春日社の関係者とおぼしい。

春日懐紙は、紙背を万葉集（春日本）書写の料紙として使用されたという来歴を持ち、万葉集書写に先立ち、冊子用に切り揃えられている。泰尚の懐紙は、現在他に一一枚知られているが、そのうち五枚が「尚」の字が消えている（図55は、石川県立歴史博物館蔵の泰尚の「初雪」題懐紙の署名部分）。

「伝助泰切」という極めは、途中で切断された「木工権助泰」という署名の

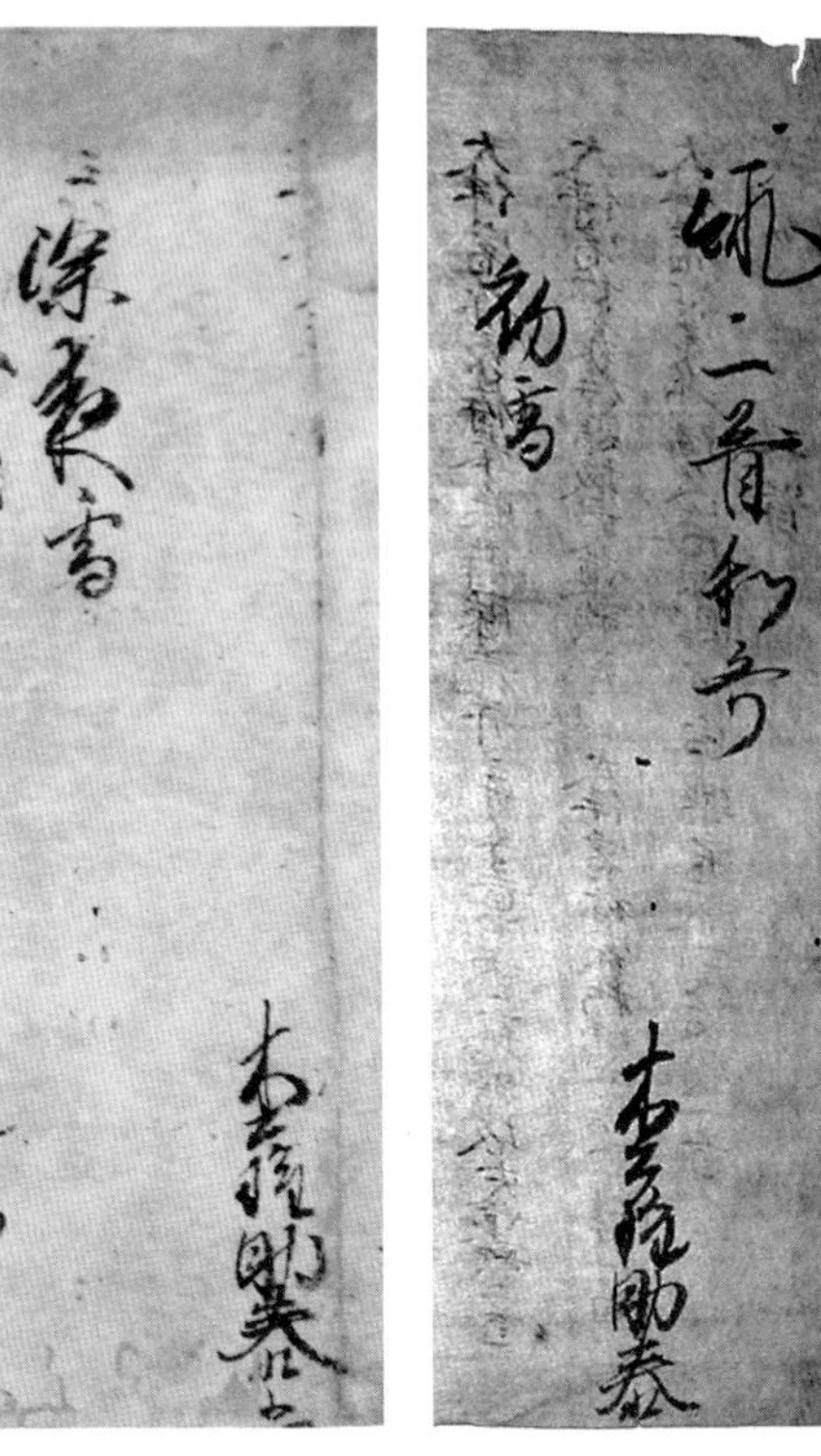

右：図55　春日懐紙　大中臣泰尚「初雪」署名部分（石川県立歴史博物館）
左：図56　図53の署名部分

「助泰」の部分を名前として誤認した結果であると推測される。この誤認が、他でもない、この二枚が本来一枚の懐紙であったことを雄弁に証明するといってよかろう。

また、当面の誤認は、他にもいろいろな情報を教えてくれる。伝助泰切の極め札が付された際には、付した人物（古筆了雪。この点後述）は、確実に前の署名の部分も見ていたと考えられること。したがって、切断は、その前後に行われたこと。つまり、この極めが行われたころにはまだ当該の懐紙は本来の姿を留めていたと推測される。このような事情が知られると、同じ了雪が極めた他の切も同様に、極め札が付された時点では完全な懐紙の形であったと推測され、極め札の内容に一定の信頼性が存すると考えられる。

なお、当該懐紙裏は、春日本巻十三、三三三〇長歌の途中から三三三六長歌の途中までである。

伝祐定筆「早鶯趁竹」懐紙

次は、同じ了雪によって、中臣祐定と極められた伝祐定切である（寸法不明）。歌題は、「春草漸萌」と「山有余寒」。春日懐紙では、この題は、「早鶯趁竹」を第一歌題とする三首題の第二、第三歌題である。残念ながら、この切の署名のある部分は未だ見出されていない。したがって、この懐紙の筆者は不明ということになる。しかしながら、先の「伝助泰切」で見たように、この一連の了雪の極めには一定の信頼が置けると判断される。

それでは、他の側面から、この切は祐定（中臣祐定・春日若宮社神主）の懐紙であることを確認できるであろうか。現在知られている祐定の春日懐紙は九枚。それらには、「早鶯趁竹」を第一歌題とする事例はない。つまり、まずは、これが祐定の懐紙として、現存懐紙とは矛盾しないということになる。

この懐紙切が祐定の懐紙であることを証するためには、他の祐定懐紙との筆跡の比較が必要である。他の祐定懐紙と比較すると、あきらかに筆跡は似ている。図57は①が「こほり」、②が「山」「雪乃」の他の祐定懐紙との比較である。「乃」の字は人によって癖が見えやすい字であるが、掲出の例を含め、他の祐定懐紙の例ときわめてよく似ている。

①

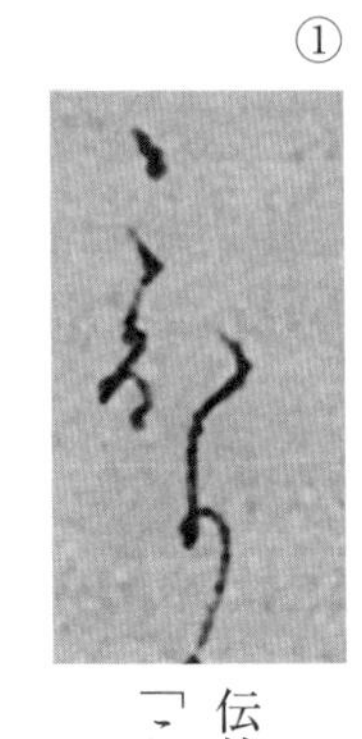

伝祐定筆「こほり」

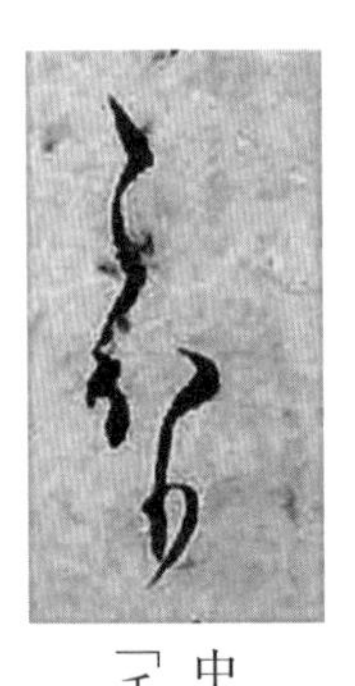

中臣祐定「千鳥」部分

②

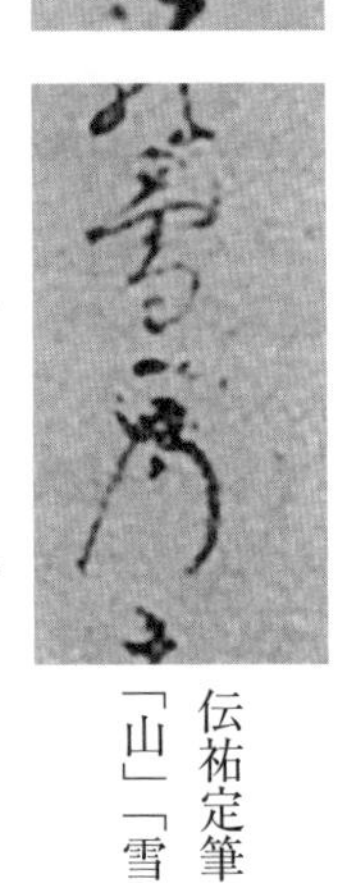

伝祐定筆「山」「雪乃」

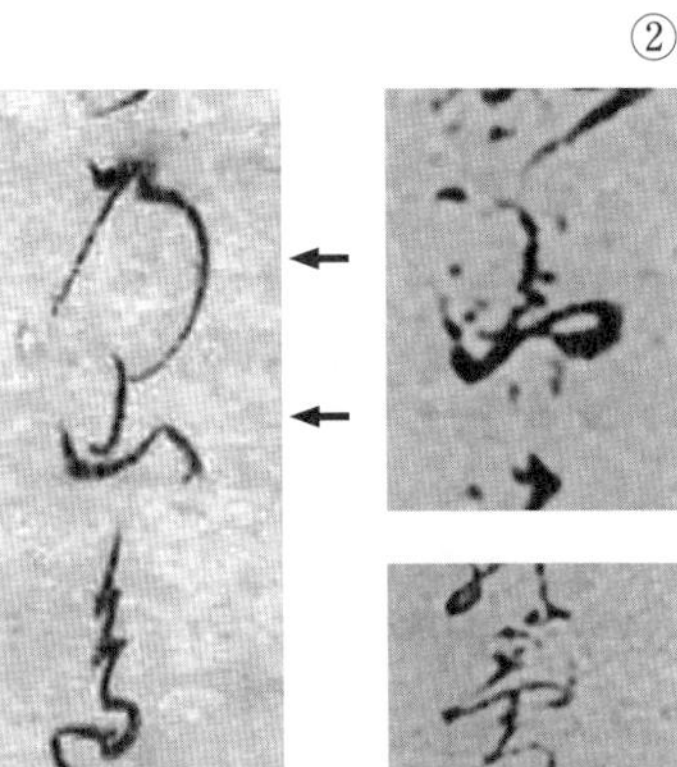

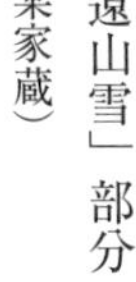

中臣祐定「遠山雪」部分（某家蔵）

図57　筆跡比較

田中塊堂論文で提示された一連の切は、論文中に指摘があるように、極めに付された印から、いずれも古筆了雪の極めであることがわかる。了雪は、延宝三年（一六七五）に六四歳で没した江戸初期の古筆鑑定家。先述のとおり、伝助泰切については、了雪が切断に関わり、事情を知った上で極めが付されたとおぼしい。つまり、これらの懐紙は、延宝三年以前に了雪のもとにあり、切断されたことになる。一方、春日懐紙の大半は、加賀前田家に所蔵されていたと考えられる。前田家に保存されていた春日懐紙とその類懐紙は二一六枚。それらは、損傷した場合を除き、断簡になった例を見ない。したがって、延宝三年以前に切断された当面の切と前田家の懐紙群とは保存されている状況がかなり異なることになる。

前田家では……　田中大士「春日懐紙祐定目録の解析」（『汲古』四七号、平成一七年六月）。

前田家では、これらの懐紙群は、作者別に目録（袋を兼ねる）が付され、分類保存されていたことが知られるが、そのうち中臣祐定、大中臣親泰についてはその目録の全容を知ることができる。▲今本稿に関わる祐定について言うと、目録に載る祐定の懐紙は一四枚。そのうち一一枚は現存が確認される。ところが、先の検討で祐定の懐紙と推定された「早鶯趁竹」を第一歌題とする懐紙は、祐定目録には見出せない（三一頁の図27参照）。すると、少なくとも田中塊堂論文に載る祐定の懐紙は、前田家所蔵の懐紙群とは別個に伝来したと考えざるを得ない。とすれば、田中論文で提示された他の二枚についても同様であろうと推測される。

なお、当該懐紙裏は、春日本巻七の一三〇三〜一三〇八標題「寄海」までで、懐紙一枚としては、一三〇三から一三一四の部分と推定される。

伝後鳥羽院筆「籬瞿麦」懐紙

図58の和歌懐紙は、文化庁蔵古筆手鑑（二帖）の第一帖表第一丁に収められた断簡である（縦二八・五、横三六・二㎝）。

残存する内容から、三首題の和歌懐紙と推定されるが、普通あるべき総題（端作り）や署名、第一首の歌題などの部分が切られている。伝称筆者は後鳥羽院とされる。しかし、この第二、三歌題が「籬瞿麦(まがきのなでしこ)・情残恋(こころのこるこひ)」は、春日懐紙の「暁(あかつきの)

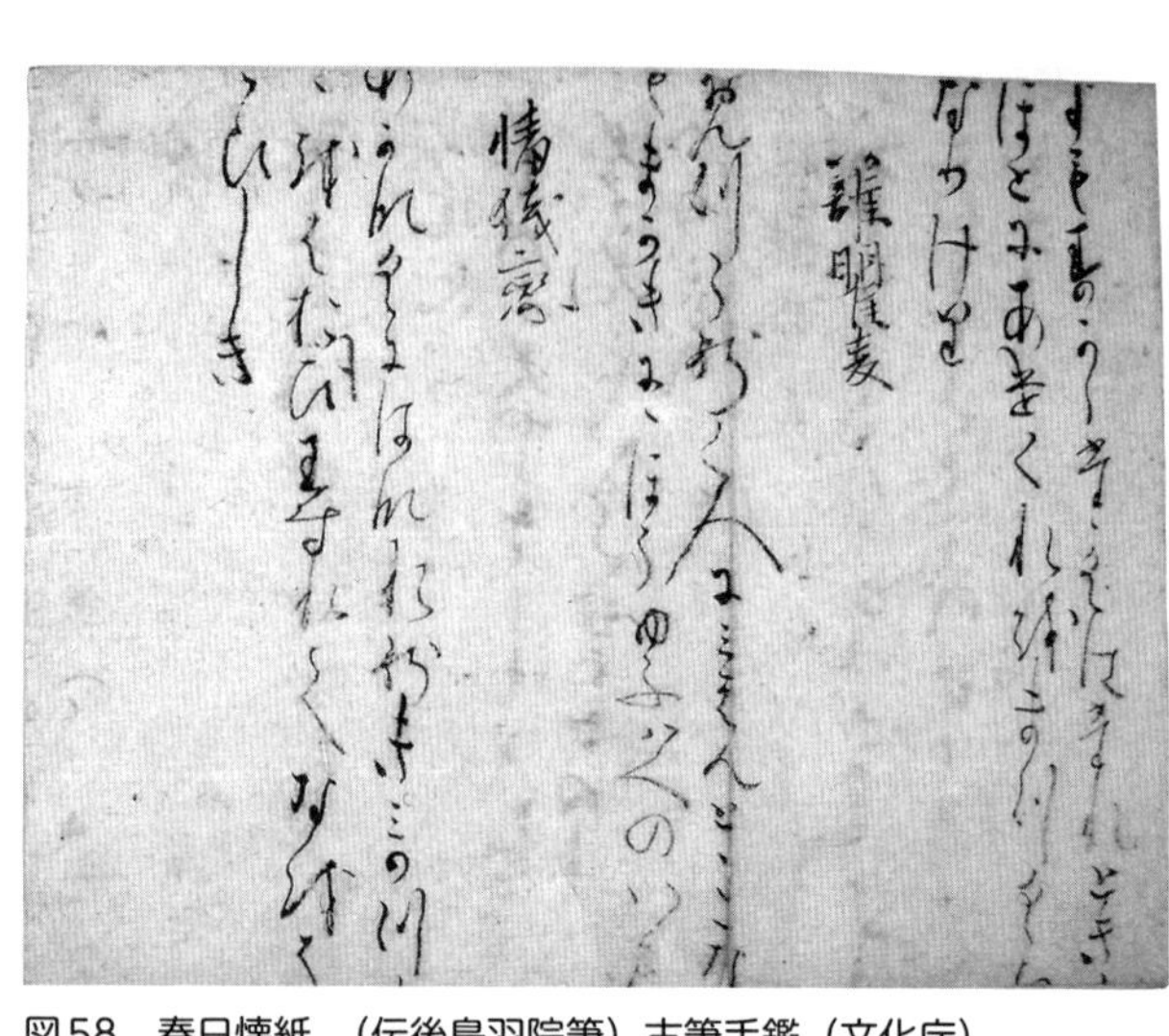

図58　春日懐紙（伝後鳥羽院筆）古筆手鑑（文化庁）

水鶏（くひな）・籬瞿麦・情残恋」題（堯縁に同題の懐紙あり。墨跡研究会編本）と合致し、題のない第一首の歌の内容が第一歌題の「暁水鶏」ともよく合致する。

よもすからたゝくはたれとき□〔く〕
ほとにあけくれをまつく□□〔ひな〕
なりけり

また、歌の上下が切れている点、第二首の歌第一行に折れ線が見られる点など、いずれも春日懐紙の書誌的な特徴が見られることから、春日懐紙の一枚と推定される。

では、この懐紙は誰のものか。同題の懐紙が多ければ、そこから作者を絞ることもできるが、先述のとおり、同題の懐紙は堯縁と当該の懐紙しか見られない。すると、筆跡をたよりに作者を推定するということになる。当面の懐紙には、第一首第二行の「あけくれを」の「け」（字母「遣」）や第二首第一行の「めつらしく」の「し」（字母「新」）などに特有の癖が見られる。春日懐紙作者の中で類似の仮名を使用する例には縁弁「松雪」などが

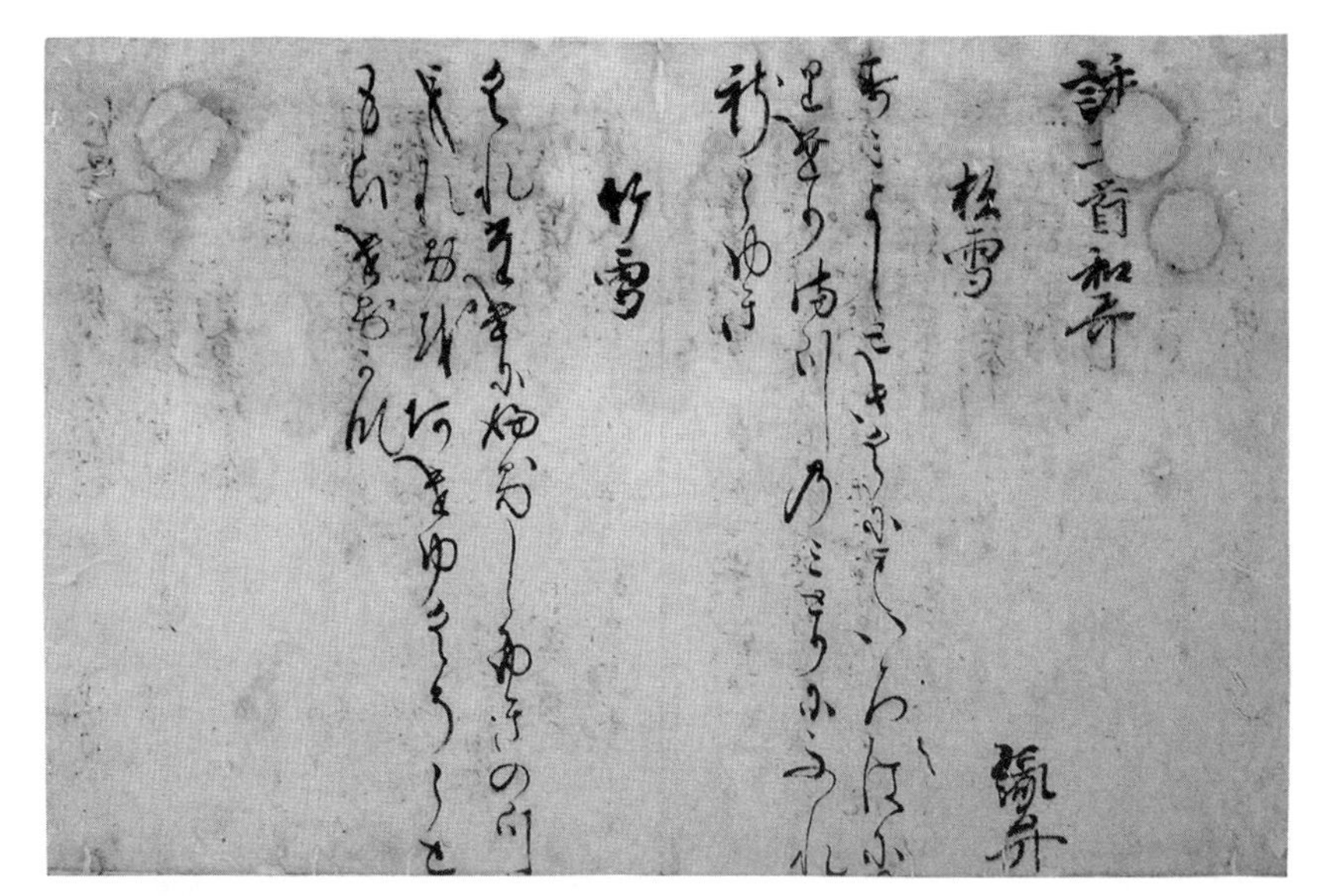
縁弁「松雪」

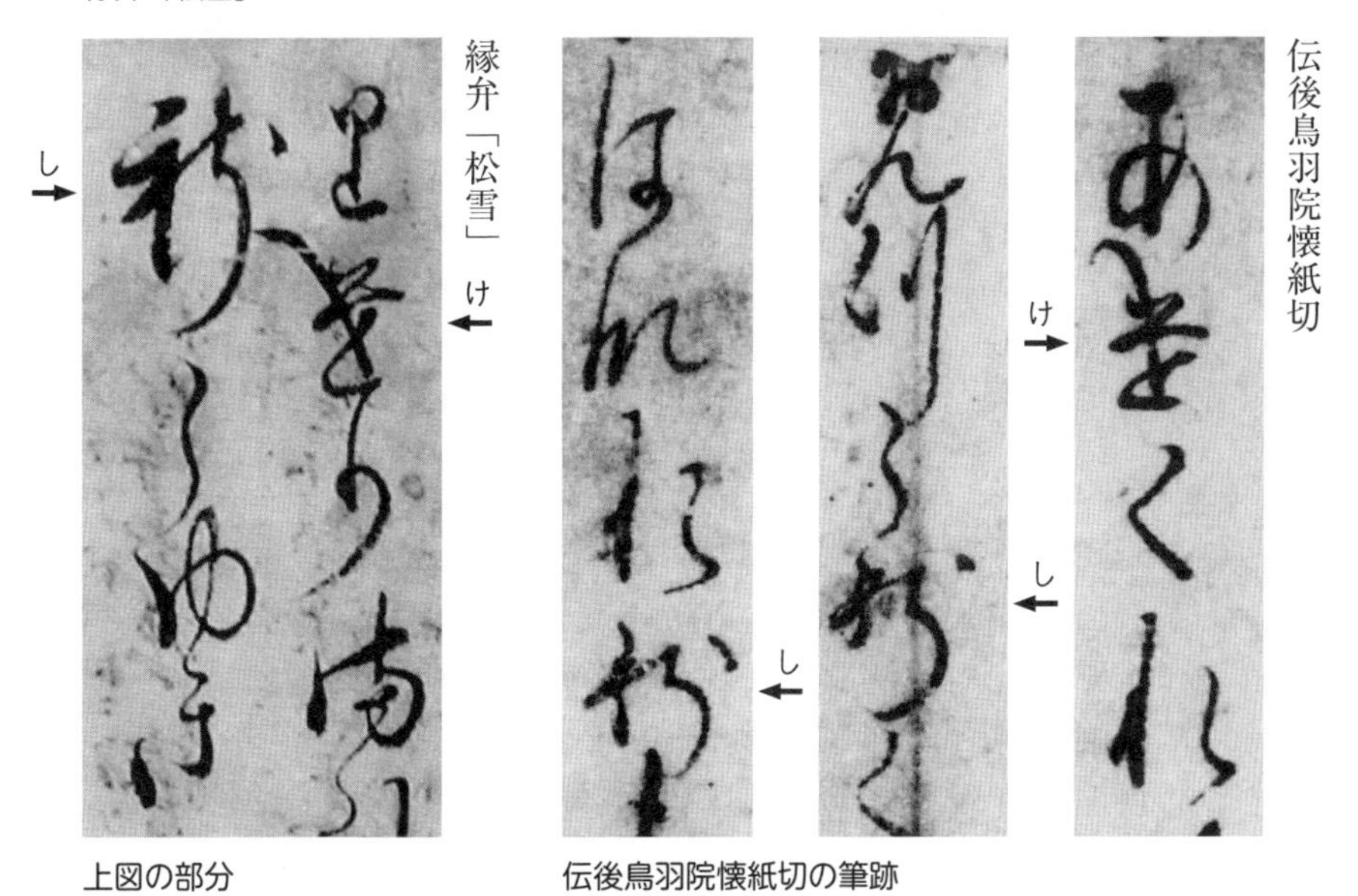

上図の部分　伝後鳥羽院懐紙切の筆跡

図59　春日懐紙　縁弁「松雪」（上）と伝後鳥羽院懐紙切の筆跡（下）

ある（図59）。

また、第一章で引用した縁弁「山月」にも両方の仮名が見出せる（一三頁）。とくに、字母が「新」の「し」の仮名の使用は、現存春日懐紙では縁弁だけのようである。以上から当該懐紙の作者は、縁弁と考えられる。縁弁は、これまで一一枚の懐紙が知られているが、これが一二枚目の懐紙。なお、当該懐紙には、裏の万葉集も墨映も映り込んではいるが、いずれも不明瞭で、判読不能である。

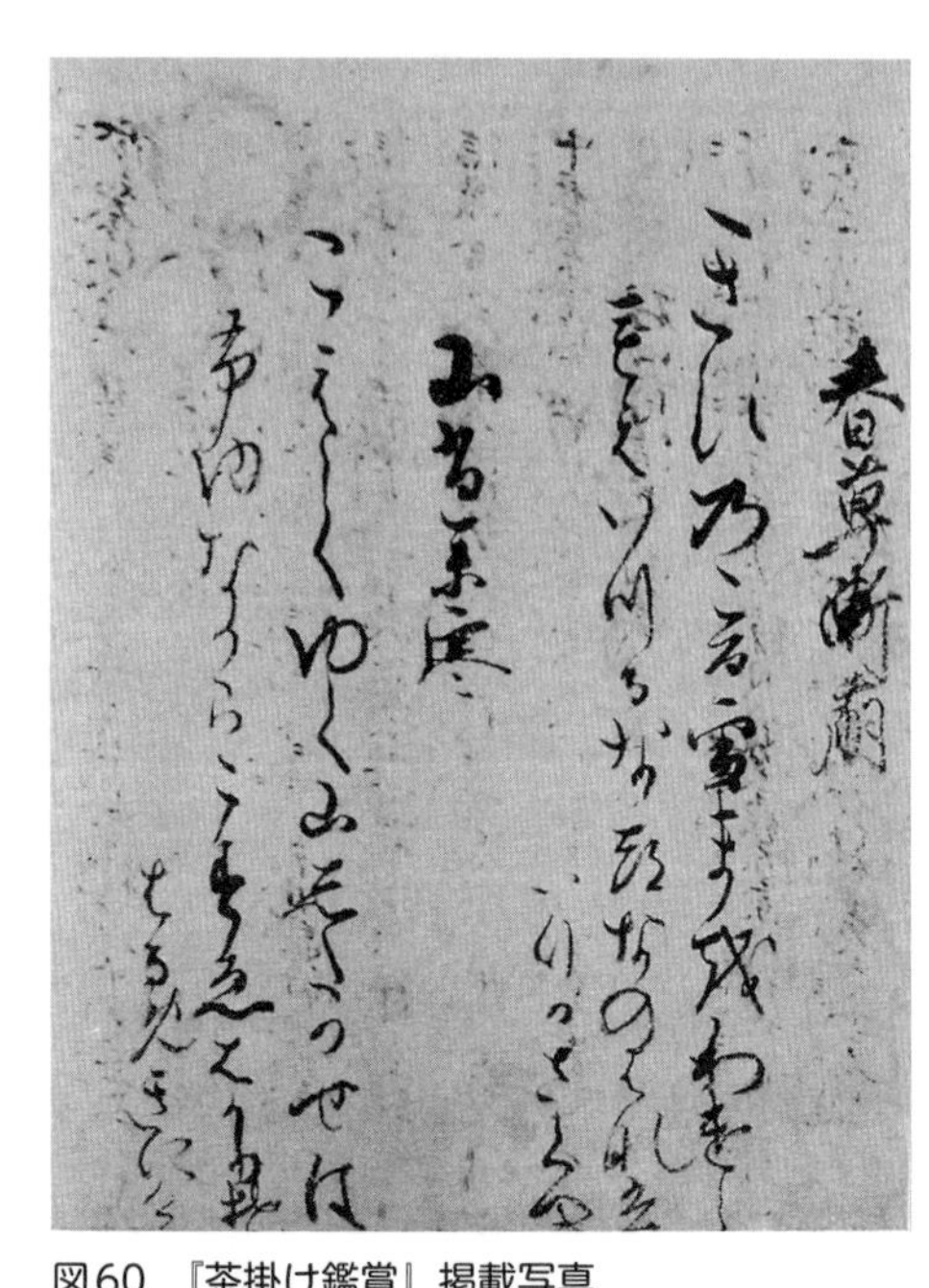

図60 『茶掛け鑑賞』掲載写真

無名氏「春草漸萌」懐紙

図60は、田山方南監修『茶掛け鑑賞』（光芸出版、昭和四七年）所収の一枚（九六頁「春日懐紙切」）である。解説にある如く春日懐紙の一枚にあたる。現存する二つの歌題から、「早鶯趁竹」を第一歌題とする懐紙断簡と考えられる。第二歌題より前が残っていないため、当然のことながら作者は不明ということになる。当該懐紙の大きな特徴は、歌を三行書きにして、第三行を下に付けて書く点にある。現存する春日懐紙にも歌を三行書きにする例は少なからずあるが、そのほとんど

が三行目を上に付けて書いている。前節で見た縁弁「松雪」がまさにそういう例である。

その中で、第三行を当該例のように下に付けて書く例はわずか三例しかない。中臣祐基「千鳥」、学詮「春情在花」「山家残暑」にすぎない（図61、62）。しかも、

歌の第三行を下に付けて書く例　他に一〇頁図3の第一首がある。

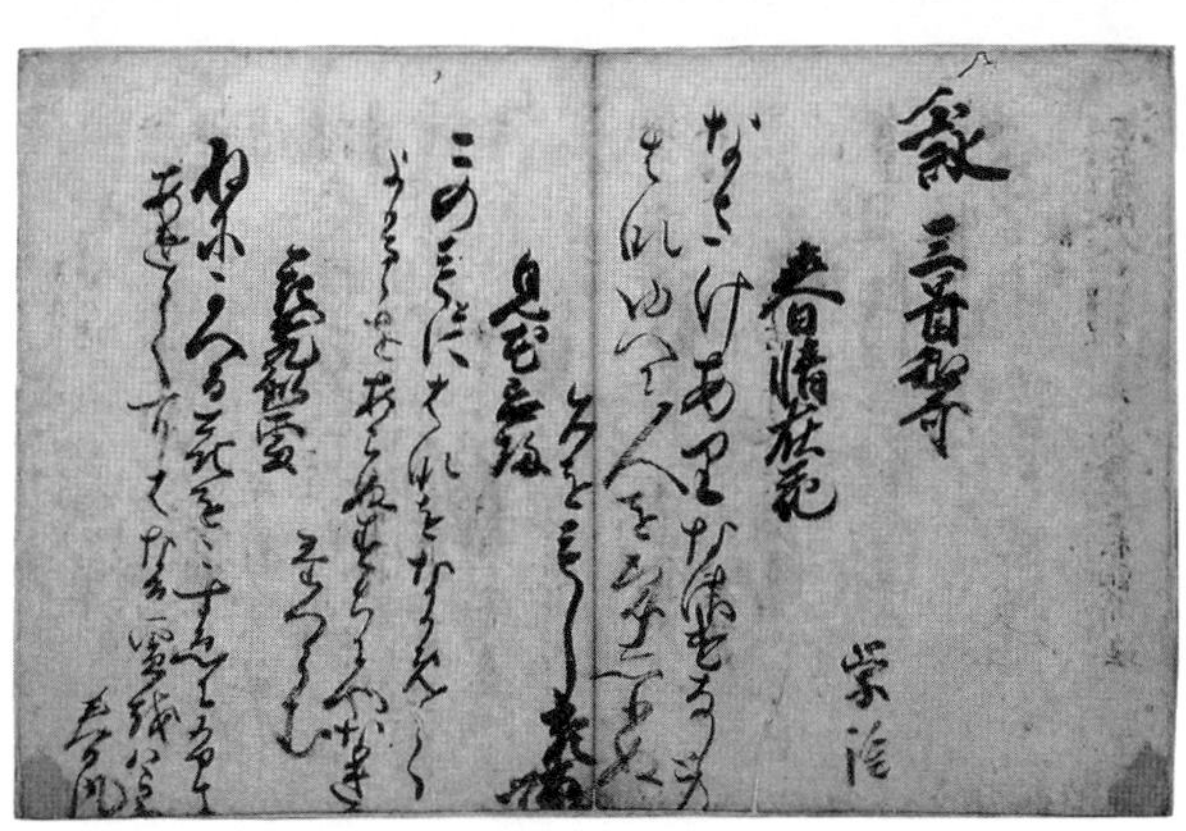

上：図61　春日懐紙　中臣祐基「千鳥」
中：図62　春日懐紙　学詮「山家残暑」
下：図63　春日懐紙　学詮「春情在花」

『茶掛け鑑賞』懐紙

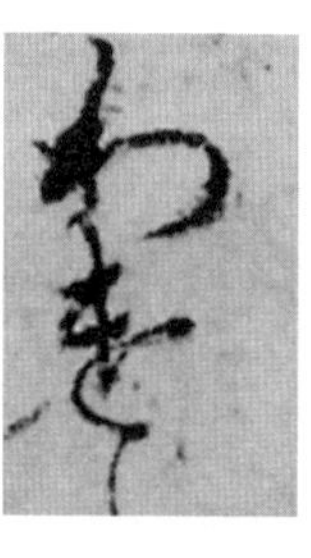

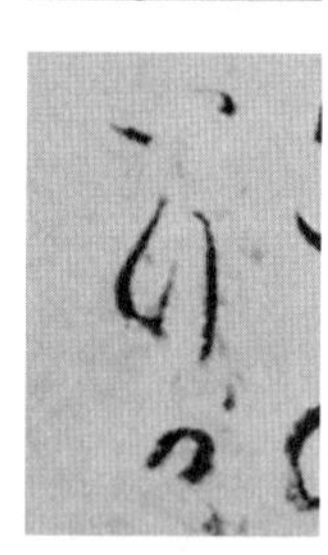
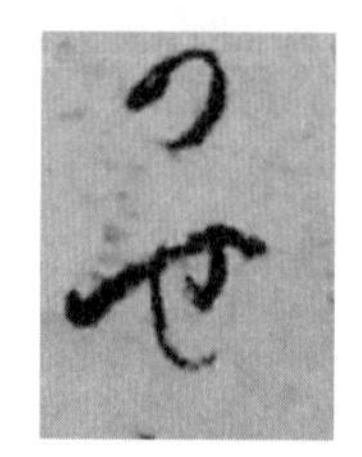

学詮「春情在花」

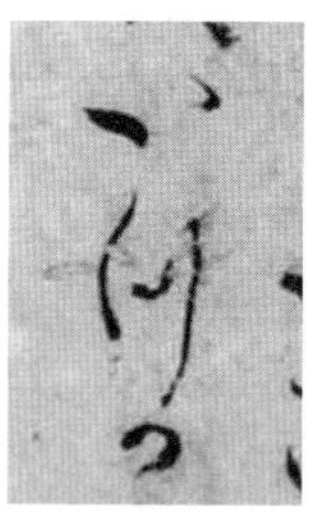
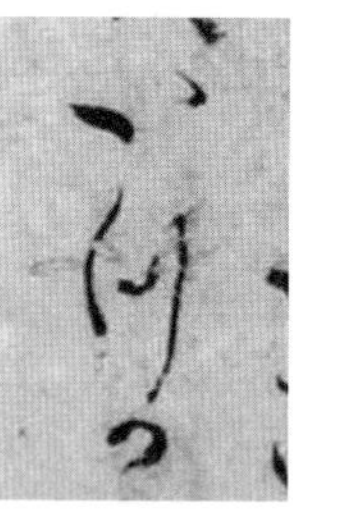
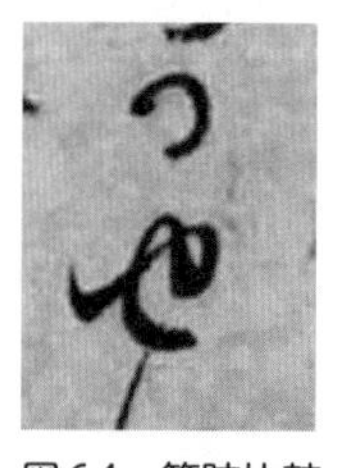

図64　筆跡比較

当該例のように、第二行を第一行よりやや下げて書く例は、図63の学詮「春情在花」以外にはない。

するとまずは、学詮の懐紙である可能性が高いということになる。使用する仮名も、学詮の筆跡ときわめてよく似ている（「わけ」「いつか」「かせ」。図64参照）。

学詮懐紙はこれまで八枚知られており、当該例が九枚目となる。なお、当該例は、左上に斜めに二箇所焼け焦げがあり、春日本巻十四の明瞭な特徴を持つ。確認できるのは、写真資料だけであるが、反転写真などから解析すると、巻十四、三三九七〜三四〇三の部分（懐紙一枚分では三三九七〜三四一〇）と推定される。

おわりに

本書筆者は、万葉集の伝本研究を主として行っている。春日本万葉集の研究もその一環である。ところが、本書で取り上げた春日懐紙・春日本は、かたや中世の和歌資料であり、また万葉集の伝本資料でもあるという複合的な性格を持つ資料で、書誌的な変転を何度も繰り返してきている。しかも、当該資料の本質は、江戸時代の前田家での保存状況を十分理解しなければ把握しにくい。そして、述べ来ったように、万葉集（春日本）の解明を進める上で、これらの書誌的な変転へのアプローチは必須である。

本書は、春日本を、他の万葉集伝本と同じように伝本研究のスタートラインにつかせるための準備段階にすぎないともいえよう。しかし、他の万葉集伝本にはそのようなアプローチが必要でないというわけでもなさそうである。よく知られているように、万葉集の伝本の中には、たとえば桂本には栂尾（とがのお）切、元暦校本には難波（なにわ）切と言われる断簡がある。これらも本体の伝本から切り出され、書誌的な変遷が生じた事例ということができよう。ただ、春日懐紙・春日本の書誌的な探求で培われたさまざまな知見は、他の伝本に比べて格段に広範囲で多岐にわたっている。このような知見は、他の伝本の調査に際して、より多くの情報を漉し出すフィルターとして役に立つのではないかと考えている。春日本研究の成果が、他の万葉集伝本研究にフィードバックされるのはこれからではないか。

あとがき

本書は、国文学研究資料館の共同研究（特定研究）「万葉集伝本の書写形態の総合的研究」（代表者田中大士）に基づく研究である。

春日懐紙、春日本万葉集は、本編で述べたように、冊子本だったものが、一枚ずつの和歌懐紙に戻され、その少なからぬ数が各地に散在している状態である。それらを探し当てて調査をすることは、多くの困難が伴うものであった。しかし、春日本万葉集については、『校本万葉集』新増補の編者であった木下正俊、神堀忍両氏から、新増補刊行の際に得た情報をご教示いただき、収集資料の一切合切をお譲りいただいた。また、春日懐紙については、墨跡研究会編の解説を担当された永島福太郎氏から、お持ちのさまざまな春日懐紙関係の資料すべての閲覧、撮影を許可された。春日懐紙、春日本という両面資料の研究のそれぞれの先達からの情報はたいへん有力なもので、解明の大きな指標となった。ここに深く感謝申し上げる。当該資料の調査は、全国の公共機関、古書肆、個人収集家など多岐にわたったが、不思議なことにどこにうかがっても、書誌研究は素人同然の本書筆者を温かく迎え入れてくださり、あまつさえ新しい情報をご教示いただいたことも一度や二度ではなかった。ご所蔵の皆様のご厚意で、研究も進展し、その間に貧しかった書誌研究の知見が多く蓄えられたことに深く感謝したい。

　また、春日懐紙、春日本の調査を始めるようになったきっかけは、平成八年暮に当時国文学研究資料館の館長であった佐竹昭広氏（氏は『校本万葉集』新増補の編者でもあった）から、館所蔵の春日懐紙を調べてみないかと声をかけていただいたことに始まる。佐竹氏には改めて感謝する。あれからずいぶん長い年月がたってしまったが、今回同館企画のブックレットの一冊として本書が刊行されることに強い感慨を覚える。

図45・47　春日懐紙　憲清「山家残暑」部分（根津美術館）

図48・49　春日本巻二十、4381左注、4382（佐々木孝浩氏）

図51・52・54　春日懐紙切（田中塊堂論文掲載写真）

図53・54・56　春日懐紙　大中臣泰尚「深夜雪・河冬月」（慶應義塾大学附属研究所斯道文庫）

図55　春日懐紙　大中臣泰尚「初雪」（石川県立歴史博物館）

図57　春日懐紙　中臣祐定「千鳥」部分（国文学研究資料館）

春日懐紙　中臣祐定「遠山雪」部分（某家）

図58・59　春日懐紙　（伝後鳥羽院筆）古筆手鑑（文化庁）

図59　春日懐紙　縁弁「松雪」（国文学研究資料館）

図60　『茶掛け鑑賞』掲載写真

図61　春日懐紙　中臣祐基「千鳥」（田中大士編『春日懐紙』）

図62　春日懐紙　学詮「山家残暑」（国文学研究資料館）

図63・64　春日懐紙　学詮「春情在花」（国文学研究資料館）

掲載図版一覧

田中大士（たなかひろし）

1957年、浜松市生まれ。筑波大学大学院文芸・言語研究科博士課程中退。博士（文学）。現在、日本女子大学文学部教授。専門は、日本文学、とくに上代。万葉集伝本論。著書に『春日懐紙（大中臣親泰・中臣祐基）』（汲古書院、2014年）、『衝撃の『万葉集』伝本出現』（はなわ新書、2020年）、共著に『和歌文学大辞典』（古典ライブラリー、2014年）、論文に「万葉集仙覚校訂本はどのように受け入れられたか」（『日本文学研究ジャーナル』第5号、2018年）、「万葉集仙覚校訂本と次点」（『国語と国文学』第96巻第11号、2019年）などがある。

ブックレット〈書物をひらく〉25

春日懐紙の書誌学

2021年3月15日　初版第1刷発行

著者　田中大士

発行者　下中美都

発行所　株式会社平凡社

〒101-0051　東京都千代田区神田神保町3-29

電話　03-3230-6580（編集）

03-3230-6573（営業）

振替　00180-0-29639

装丁　中山銀士

DTP　中山デザイン事務所（金子暁仁）

印刷　株式会社東京印書館

製本　大口製本印刷株式会社

ISBN978-4-582-36465-1

NDC分類番号911.1　A5判（21.0cm）　総ページ84

平凡社ホームページ　https://www.heibonsha.co.jp/

発刊の辞

書物は、開かれるのを待っている。書物とは過去知の宝蔵である。古い書物は、現代に生きる読者が、その宝蔵を押し開いて、あらためてその宝を発見し、取り出し、活用するのを待っている。過去の知であるだけではなく、いまを生きるものの知恵として開かれることを待っているのである。

そのための手引きをひろく読者に届けたい。手引きをしてくれるのは、古い書物を研究する人々である。

これまで、近代以前の書物――古典籍を研究に活用してきたのは、文学・歴史学など、人文系の限られた分野にほぼ限定されていた。くずし字で書かれた古典籍を読める人材や、古典籍を求め、扱う上で必要な情報が、人文系に偏っていたからである。しかし急激に進んだＩＴ化により、研究をめぐる状況も一変した。現物に触れずとも、画像をインターネット上で見て、そこから情報を得ることができるようになった。

これまで、限られた対象にしか開かれていなかった古典籍を、撮影して画像データベースを構築し、インターネット上で公開する。そして、古典籍を研究資源として活用したあらたな研究を国内外の研究者と共同で行い、新しい知見を発信する。これが、国文学研究資料館が平成二十六年より取り組んでいる、「日本語の歴史的典籍の国際共同研究ネットワーク構築計画」（歴史的典籍ＮＷ事業）である。そしてこの歴史的典籍ＮＷ事業の多くのプロジェクトから、日々、さまざまな研究成果が生まれている。

このブックレットは、そうした研究成果を発信する。「書物をひらく」というシリーズ名には、本を開いて過去の知をあらたに求める、という意味と、書物によるあらたな研究が拓かれてゆくという二つの意味をこめている。開かれた書物が、新しい問題を提起し、新しい思索をひらいてゆくことを願う。

ブックレット

〈書物をひらく〉

1. 死を想え『九相詩』と『一休骸骨』　今西祐一郎
2. 漢字・カタカナ・ひらがな　表記の思想　入口敦志
3. 漱石の読みかた『明暗』と漢籍　野網摩利子
4. 和歌のアルバム　藤原俊成 詠む・編む・変える　小山順子
5. 異界へいざなう女　絵巻・奈良絵本をひもとく　恋田知子
6. 江戸の博物学　島津重豪と南西諸島の本草学　高津 孝
7. 和算への誘い　数学を楽しんだ江戸時代　上野健爾
8. 園芸の達人 本草学者・岩崎灌園　平野 恵
9. 南方熊楠と説話学　杉山和也
10. 聖なる珠の物語　空海・聖地・如意宝珠　藤巻和宏
11. 天皇陵と近代　地域の中の大友皇子伝説　宮間純一
12. 熊野と神楽　聖地の根源的力を求めて　鈴木正崇
13. 神代文字の思想　ホツマ文献を読み解く　吉田 唯
14. 海を渡った日本書籍　ヨーロッパへ、そして幕末・明治のロンドンで　ピーター・コーニツキー
15. 伊勢物語 流転と変転　鉄心斎文庫本が語るもの　山本登朗
16. 百人一首に絵はあったか　定家が目指した秀歌撰　寺島恒世
17. 歌枕の聖地　和歌の浦と玉津島　山本啓介
18. オーロラの日本史　古典籍・古文書にみる記録　岩橋清美　片岡龍峰
19. 御簾の下からこぼれ出る装束　王朝物語絵と女性の空間　赤澤真理
20. 源氏物語といけばな　源氏流いけばなの軌跡　岩坪 健
21. 江戸水没　寛政改革の水害対策　渡辺浩一
22. 時空を翔ける中将姫　説話の近世的変容　日沖敦子
23. 『無門関』の出世双六　帰化した禅の聖典　ディディエ・ダヴァン
24. アワビと古代国家　『延喜式』にみる食材の生産と管理　清武雄二
25. 春日懐紙の書誌学　田中大士